KB125933

하천은 정원이다

하천은 정원이다

초 판 1쇄 2023년 11월 09일

지은이 용석만
펴낸이 류종렬

펴낸곳 미다스북스
본부장 임종익
편집장 이다경
책임진행 김가영, 신은서, 박유진, 윤가희, 윤서영, 이예나

등록 2001년 3월 21일 제2001-000040호
주소 서울시 마포구 양화로 133 서교타워 711호
전화 02) 322-7802~3
팩스 02) 6007-1845
블로그 http://blog.naver.com/midasbooks
전자주소 midasbooks@hanmail.net
페이스북 https://www.facebook.com/midasbooks425
인스타그램 https://www.instagram/midasbooks

© 용석만, 미다스북스 2023, *Printed in Korea*.

ISBN 979-11-6910-378-7 03810

값 14,000원

미다스북스는 다음세대에게 필요한 지혜와 교양을 생각합니다.

하천은 정원이다

용석만 지음

하천 정원이 청정계곡이라고요?
천만에요!

미다스북스

프롤로그

- 남양주 하천 정원화 사업과 경기도 청정계곡사업 간의

  원조 논쟁의 진실

이 책은 필자가 남양주시 생태하천과장으로 근무하며 하천 정원사업 추진 과정을 기록했던 현장의 일기다. 페이스북에 연재했던 '강 따라 하천 따라 남양주 이야기'를 편집하여 엮었다. 하천과 강에 얽힌 역사와 인물의 이야기다. 아름다운 이야기이지만 결코 쉽게 이루어진 이야기는 아니다.

민선 7기 남양주 시장의 공약사업이었던 '남양주 하천 정원화 사업'과 경기도지사의 '경기도 청정계곡사업'의 정책표절과 원조 논쟁을 이해할 수 있는 자료이기도 하다. 필자가 정책을 집행하면서 시민들과 공감하고 공유하고자 작성했던 글이다. 현장의 생생한 기록이 있었기에 더 큰 왜곡과 변조를 막을 수 있는 자료다.

필자는 민선 6기 남양주 시장의, 3선 마지막 임기 6개월 비서실장이었다. 당이 다른 민선 7기 시장이 취임하면서 생태하천과장으로 보직 발령을 받았다. 사람들은 공무원으로 끝났다고 말했다. 건강이나 추스르며 대강대강 살라고 위로(?)했다. 시장 비서실장은 다음에 국장 승진하는 것은 당연한 순서로 받아들이기 때문이었는데 전임시장 비서실장을 승진시켜 주겠느냐는 것이다. 그러나 필자는 용(龍)은 물이 있어야 승천하므로 곧 좋은 일이 있을 거라고 확신했다.

아니나 다를까 시장은 하천을 리조트로 만든다고 발표하였다. 멀리 리조트에 가지 않아도 아침저녁으로 동네 하천과 강을 걸으면서 리조트에 온 것 같은 '하천 정원'을 만든다는 제안이었다. 사실 그동안 생태하천과는 특별한 일이 없었다. 하천 준설과 제방 보강사업을 하면서 홍수 피해 방지가 주요한 일이었다. 하천을 리조트로 만든다고 하니 이해가 되지 않았다. 어떻게 해야 할지 막막했다. 토목업자들은 수백억 원을 들이는 사업 설계안을 제시하였다. 하지만 비용은 최소한으로 들이면서 추진하는 하천의 리조트화, 즉 하천 정원화 사업이었다. 먼저 남양주의 하천과 강을 알아야 했다. 하천과 강의 유래를 찾아보고 현장을 살폈다. 2018년 7월부터 2020년 말까지 '강 따라 하천 따라 남양주 이야기'를 써서 페이스북에 연재하며 공감을 확산시켰다.

'하천 정원화 사업'을 추진하면서 기록하고 설명한 이야기는 동료와 시민들로부터 찬사를 받고 공감을 얻었다. 하천 공부와 기록을 통하여 '하천 정원화 사업'을 정의하였다. 먼저, 하천의 불법을 없애고(하천 해결사), 다음에는 최소의 시설을 설치 산책, 운동을 할 수 있는 공간으로 조성하며(하천 관리사), 마지막으로 시민들이 365일 깨끗한 정원으로 유지 관리한다(하천 해설사)는 개념으로 정리가 되었다.

남양주에는 국가하천 2개소, 지방하천 32개소, 소하천 90개소 등 모두 124개소 316km의 하천이 있다. (2018. 12. 기준) 124개의 하천을 모두 '하천 정원화 사업'을 할 수는 없었다. 대상지를 선정하여야 했다. 가장 불법 시설이 많은 4개 하천, 즉, 청학천, 팔현천, 묘적사천, 구운천에 대하여 개인들이 점유하여 불법 영업하던 시설을 철거하고 시민들에게 돌려주기로 하였다.

일을 진행시키려면 설명, 설득, 공유, 공감하는 순서가 필요했다. 하천의 불법을 없애는 방법과 목적, 가치에 대하여 함께 일하는 동료들과 공감해야 했다. 공공재인 하천에서는 더 이상 개인들이 점유하여 보신탕, 닭볶음탕을 파는 영업행위를 할 수 없다고 설명하여야 했다. 하천의 영업주들은 반발했고 동료들은 전쟁만은 할 수 없다면서 현장 출장을 꺼렸다. 전쟁을 하자는 것이 아닌, 더 이상 불법은 안 된다는 설명을 하며 함께 현장을 누볐다.

수십 년 하천에서 영업한 당사자들의 이해와 협조가 가장 중요했다. 모두 모아 놓고, 하천별로, 개인별로, 이해가 같은 집단별로 설명과 설득과 조정과 협의를 반복해야 했다. 삼청교육대 출신이라는 분이 말했다. 도끼를 샀다. 판문점 도끼만행사건이 일어날 것이라고 협박했다. 어떤 이는 배에 구멍 뚫리지 않으려면 밤길 조심하고 방검복은 항상 입고 다니라고도 했다.

시민들의 협조와 여론 주도층의 이해도 중요했다. 언론, 의회, 시민단체, 환경단체를 대상으로 설명했다. 모두 호응이 좋았다. 진즉에 해야 했다면서 당연한 일이라고 했다. 하지만 과연 끝까지 밀어붙일 수 있을지는 반신반의했다. 어느 시의원은 필자를 불러 당장 사업을 그만두면 안되겠느냐고 하였다. 지역구에 가면 시장에게 욕하는 사람들이 많아서 봉변당할 것 같아서 불안하다고 했다. 하천 정원화 사업에 대한 시장의 의지가 강하므로 공무원들이 불법을 정리할 기회였다.

다른 부서와의 협조와 공조도 필요했다. 건축, 산림, 농업, 도시, 읍면동, 타 부서와 T/F팀을 구성했다. 철거, 폐기물처리, 원상 복구, 사후 관리 예산을 편성하고, 하천 불법 당사자들의 불법 내용을 확인하고자 측량하고 철거 대상 목록을 작성했다. 모든 준비를 마치고 철거를 시작하는 날은 가슴이 벅찼고 떨렸다.

2019년 3월 18일 별내면 청학천 철거를 시작으로, 오남읍 팔현천, 원팔현천, 와부읍 묘적사천, 2019년 7월 14일 수동면 구운천을 철거하기까지 현장에서 살았다. 봄볕에 얼굴이 타서 껍질이 세 번이나 벗겨졌다. 나중에 현장을 담당한 직원과 소주를 마시면서 이야기했더니, '저는 운동화 세 켤레가 닳았습니다.'라고 하는 것이다. 눈물이 났다. 미안했다. 고마웠다. 감사했다.

2019년 7월 말, 오래전부터 알고 지내던 경향신문 기자가 남양주시에 일이 있어서 왔는데 얼굴이나 보자고 했다. 반가워서 점심을 먹었다. 뭘 하면서 지내냐고 물어서 하천 불법을 철거했다고 이야기했더니 재차 수락산 청학천 불법도 철거했느냐고 물었다. 확실하게 철거했다고 하니 직접 현장을 확인하겠다고 했다.

2019년 8월 5일 〈경향신문〉 1면에 "50년 만에 돌아온 계곡, "권리를 되찾은 기분""이라는 특집기사가 보도되었다. 인터넷 매체에 링크되어 순식간에 댓글로 도배가 되었다.

2019년 8월 12일 경기도청에서 전화가 왔다. 도지사 주재로 실·국장 회의를 했는데, 남양주에서 하천 불법을 철거하여 도민들의 반응이 좋으니 12월 말까지 경기도 모든 하천을 정리하라고 했다는 전언이다. 이후,

남양주시에서 추진했던 하천 정원화 사업에 대하여 절차와 방법을 영상회의를 통하여 30개 시군과 공유하고, 경기 북부 부단체장을 대상으로 특강을 하였다, 여러 시군에서 벤치마킹을 와서 하나도 빠짐없이 공유했다. 이후의 일은 생략하겠다. 언론보도를 찾아보면 원조 공방이 오고 가고 정책표절에 대한 논쟁내용들이 많다.

남양주의 하천과 강의 아름다운 이야기를 알게 되었고, '하천 정원화 사업'을 통하여 공공재인 하천과 강, 계곡은 시민의 것이라는 패러다임의 전환도 이뤘다. 민선 30년 지자체 역사에서 불법에 대하여 표에 연연하지 않는다는 길 없는 길을 만들었다.

이 이야기로는 철거에 참여했던 공무원의 눈물과 어찌하였든 생업의 현장을 철거하여야 했던 상인들의 아픔, 철거를 수행한 업체 관계자들의 어려움을 표현하기에 부족하다. 하지만 자료로 남기기에는 충분하다.

남양주에서 '하천 정원화 사업'을 했는데 호응이 좋아서, 경기도 전역으로 '경기도 청정계곡' 사업으로 확산시켰다는 언론의 보도처럼 했다면, 남양주, 경기도 모두에게 좋았을 것이다.

수락산의 청학천은 청학 비치로 거듭났다. 사람들에게 사랑받는 명소가 되었다. 하천은 정원이다. 정원은 스스로 가꾸어야 한다. 어렵게 만들어 낸 정원이다. 지킬 것은 지키고 가꿀 것은 가꾸자.

2023년 8월 경심전에서

시민에 돌려준 청학 비치

차례

프롤로그 ··· 004
– 남양주 하천 정원화 사업과 경기도 청정계곡사업 간의 원조 논쟁의 진실

Part 1.

삶이 흐르는 하천 정원

만남과 이별, 사랑과 삶이 흐른다

01. 하나의 강, 한강의 시작 ··· 023

02. 한강을 사랑한 열수 정약용 ·· 025

03. 북한강에 피어난 모네의 '빛을 품은 수련' ······················ 027

04. 이섭대천(利涉大川) ··· 029

05. 법(法)이 별거인가 흐르는 양심이지 ································· 031

06. 물의 정원의 비명 ··· 033

07. work hard에서 think hard로 ··· 035

08. 강물이 흐르는 데 이유가 있을까? ··································· 037

09. 정약용의 환소천거, 18과 관련이 많은 삶 ······················ 039

10. J를 생각하며 걷는 즐거움 ·· 040

11. 평생 떠돌이 매월당 김시습 ·· 042

12. 가곡천과 신흥무관학교 ··· 044

13. 하천 민원을 정원으로 …………………………………… 046

14. 하천 정원을 그리다 …………………………………… 049

15. 케론강인가 요단강인가? …………………………………… 051

16. 기약도 없는 사랑이지만 기다리는 마음 …………………………………… 053

17. 물에 젖지 않는 도서관 …………………………………… 055

18. 물로 키우는 반려 식물 …………………………………… 057

19. '이슬'이 강물이 되고 하천이 됩니다 …………………………………… 058

20. ○○의 말을 들었습니다 …………………………………… 059

21. 백 번 잘려도 다시 돋아난다 …………………………………… 060

22. 봉선사천과 한글 …………………………………… 062

23. 여름에는 개자식, 겨울에는 아저씨 …………………………………… 064

Part 2.

왕 · 용 · 장군의 하천 정원

좌 버스 우 택시의 명당, 왕의 강, 용의 하천

01. 왕실의 눈물 하천을 이루다 …………………………………… 069

02. 단종이시여 먹골배를 흠향하소서 …………………………………… 072

03. 용알뜨기 …………………………………… 074

04. 내성천 회룡포 …………………………………… 076

05. 대구 팔공산 용수천 …………………………………… 078

06. 구룡천 …………………………………… 080

07. 부용천과 정문부의 북관대첩비 …………………………………… 082

08. 을지문덕이 쌓았다는 퇴뫼산성 ··········· 084

09. 묘의 이름만이라도 왕릉으로 '덕릉' ··········· 086

10. 명당? 좌청룡 우백호 NO, 좌택시 우버스 Yes! ··········· 088

11. 하천 정원 '남양주 왕숙 3기 신도시' ··········· 091

12. 용을 닮은 세종정부종합청사 ··········· 092

13. 영조와 정선, 진경산수화 ··········· 094

14. 중종반정의 주역 박원종, '甲山과 陶심천' ··········· 096

Part 3.

새와 들짐승의 하천 정원

새들이 편안한 하천, 짐승들도 행복한 강

01. 청학! 청학천 수락산 계곡 ··········· 101

02. 팔당댐 하구 한강의 참수리 ··········· 103

03. 수동면 군안천의 반딧불 ··········· 105

04. 철새의 정원 ··········· 107

05. 크낙새 울던 광릉숲의 황금가지 ··········· 109

06. 해오라기 이덕무 ··········· 112

07. 노란 동백꽃 ··········· 114

08. 왕숙천 쇠제비갈매기의 사랑 ··········· 116

09. 생명들의 정원 ··········· 118

10. 왕릉 금천과 홍유릉 연지를 찾은 원앙이 ··········· 120

11. 두더지 밥상 ··········· 122

12. 한강의 '가마우지' ································ 123

13. 가물치 ·································· 125

14. 동양하루살이 ····························· 127

Part 4.

하천은 정원이다

남양주 하천 정원 만들기 불법 철거와

경기도 청정계곡사업 원조 논쟁

01. 하천 정원 출발 ····························· 133

02. 동료들과 하천 정원 그려보기 ····················· 136

03. 아름다운 하천 만들기 시민토론회 ··················· 138

04. 최악을 생각하고 최선을 준비 ····················· 141

05. 하천에서 큰 소리로 웃는 날까지 ···················· 143

06. 신의 한 수 ······························ 145

07. 불법은 더 이상 안 됩니다 ······················ 147

08. 미래 만드는 묘적사천 ························· 149

09. 자진 철거냐, 강제 철거냐 ······················ 151

10. 북에는 소월, 남에는 목월 ······················ 153

11. 하천에는 '닻 내림'을 말아야 ····················· 155

12. 헌법 위에 방법 ··························· 157

13. 하천은 정원이다! 선언 및 시민 참여 서약 ··············· 159

14. 철거 들어갑니다 ··························· 161

15. 창조적 파괴, 청학을 울리다 ····················· 163

16. 아파도 뜯어내야 새살이 돋는다 ················· 166

17. 자연미인 청학천 ······························· 168

18. 돈을 벌면서 철거한다 ·························· 170

19. 철거라는 눈금만 있는 주사위 ··················· 172

20. 끊임없는 설득과 협의, 팔현천 전 업소 동의 ········ 174

21. 은항아리 철거, 적당히 흉내만 내쇼 천만에요 ······· 176

22. 소송의 달인도 두 손을 들었다 ·················· 179

23. 월문천의 눈물과 끝이 보이는 하천 철거 ··········· 181

24. 잠 못 드는 너래 바우, 모꼬지로 ················· 185

25. 빗발치는 문의 전화와 하천 철거 사례 공유 ········· 187

26. 쏟아지는 찬사와 상장 수상 ····················· 193

27. 길이 없었지만 길을 만들었다 ··················· 195

28. 남양주가 길을 내고, 경기도가 확장시켰다 ········· 197

Part 5.

길 위의 하천, 번뇌의 정원

세상 어디에나 강과 하천은 있다
사람이 있으면 번뇌가 있다

01. 금곡천 '나와유 부침개' ························· 203

02. 주산천 주산지 ································· 205

03. 독일 프랑크푸르트 암 마인 ····················· 207

04. 독일 밤베르크, 뉘른베르크 ·· 209

05. 프랑스 스트라스부르크 ··· 211

06. 저승의 강과 승리의 여신 니케 ·· 213

07. 파리 센강의 에펠탑 ·· 215

08. 독일 네카강에 잠기는 노을 ·· 217

09. 하이델베르크 ··· 220

10. 계림 이강 ·· 223

11. 강변연가 ·· 227

12. 갈대 멍석말이 ·· 229

13. 녹두빈대떡, 청포묵, 숙주나물 ·· 231

14. 개울을 건너보고 싶어 ··· 233

15. 두만강에서 40리 봉오동 전투 ··· 235

16. 오대천과 남양주 ··· 236

17. 하천 아카데미 생각으로 밤을 새우다 ································· 238

18. '하천수'라면 70억 원의 세수가 생긴다 ······························· 240

19. 물의 정원을 '물 생태 체험 공간'으로 활용 ·························· 242

20. 화도읍 답내천 ·· 244

21. 폭우에 쓸려간 청학천 ··· 246

Part 6.

자연은 후세에게 빌려 쓰는 정원,

깨끗하게 돌려줍시다

환경을 살리는 일은 생명을 살리는 길입니다

01. 강태공 여러분! 쓰레기 버리지 맙시다, 가져옵시다 ·············· 253
02. 하수관로의 담배꽁초 ··· 255
03. 나일론으로 둥지를 트는 새 ··· 256
04. 물이끼 ·· 258
05. 비료, 농약, 쓰레기 하천으로 직행 ··· 260
06. 물은 만만하지 않아, 음주 수영 절대로 안 돼 ·························· 262
07. 진드기 조심 ··· 264

08. 계곡에 쓰레기 버리지 맙시다 ···················· 265

09. 강 따라 하천 따라 양심도 따라갔나? ················ 266

10. 기초질서부터 지킵시다 ························· 267

11. 하천의 주인은 물 ···························· 268

12. 본 것은 비밀로 할 테니, 지켜주세요 제발! ············· 270

13. 재활용 분리배출 실천합시다 ····················· 271

14. 산불조심 ······························· 273

에필로그 ································· 275

참고 자료 ································· 287

수락산 청학 비치의 여름

Part 1

삶이 흐르는
하천 정원

만남과 이별,

사랑과 삶이 흐른다

물의 정원,

마음의 정원,

열수 정약용,

목마름을 축이려 한강은 흐른다.

강은 길이었습니다.

길은 만남이고 이별이었습니다.

만남은 소통이고 사랑이었습니다.

이별은 고통이고 그리움입니다.

어제도 오늘도 내일도

강물은 흘러왔고, 흐르고, 흘러갈 겁니다.

그리운 사람은 한번 가면 다시 오지 못하고

강물도 흘러가면 그리움마저 실어 갑니다.

흐르는 강물에 가버린 사람의 그림자라도 실려 오면 얼마나 좋을까요.

강 따라 하천 따라 이야기를 시작하려 합니다.

01

하나의 강, 한강의 시작

남한강은 태백산 검룡소에서, 북한강은 금강산에서 시작된다.

남양주 조안에 이르러 남한강은 '남' 자를, 북한강은 '북' 자를 버리고 하나의 강! '한강'이 된다. 강물은 팔당댐에 갇혀 호수가 되고, 하천수는 팔당댐 아래로 흘러 팔당·덕소·미음나루를 지나서 서울을 강남과 강북으로 가르며 서해로 나간다.

강은 길이었다. 길은 만남이고 이별이었다. 만남은 소통이고 사랑이었다. 이별은 고통이고 그리움이다.

단종이 광나루에서 배를 타고 남양주·양평·여주·원주를 거쳐 영월로 유배되던 길이다.

세조가 오대산 월정사에서 피부병을 치료하고 왔던 길이다. 운길산 바위틈에서 물방울이 떨어지며 울리던 수종사의 종소리를 들었다. 흥선대원군이 경복궁을 중창할 때 강원도의 목재를 뗏목으로 옮겼던 길이고, 배꾼들이 부르던 정선아라리가 애잔하게 울려 퍼지던 길이었다.

유배에서 풀려 마현으로 돌아온 정약용은 1819년 4월 배를 타고 충주 선영으로 성묘를 다녀온다. 75수의 시를 남긴다. 춘천을 오고 가면서 북한강은 '열수', 남한강은 '습수'라 하고『산수심원기』에 기록했다.

겸재 정선은 한강의 절경을 『경교명승첩』이라는 화첩으로 묶었다. 미호(미음나루), 석실(삼패한강공원), 조안(팔당호와 수종사) 세 곳의 남양주가 포함되었다. 남양주시에는 국가하천 2개소, 지방하천 32개소, 소하천 90개소 등 모두 124개소 316km의 하천이 있다. (2018년 12월 기준)

어제도 오늘도 내일도
강물은 흘러왔고, 흐르고, 흘러갈 거다.
그리운 사람은 한 번 가면 다시 오지 못하고
강물도 흘러가면 그리움마저 실어 가고 다시 오지 못한다.
흐르는 강물에 가버린 사람의 그림자라도 실려 오면 얼마나 좋을까.
강 따라 하천 따라 이야기를 시작하려 한다.

02

한강을 사랑한 열수 정약용

정약용은 유배에서 돌아와 1819년 4월 충주 금가면까지 300리 남한강 뱃길로 성묘를 다녀온다. 또한 2년 되는 1820년, 큰형의 아들 학순의 혼인에 참석하기 위해 작은 배를 타고 춘천을 다녀온다. 또 1823년 손자인 대림이 춘천으로 장가들게 되자 넓은 배를 타고 가평, 청평, 춘천 등 북한강을 탐사한다.

남한강과 북한강을 탐사한 정약용은 사기에서 언급하는 열수(한강), 즉 한강의 위치를 『산수심원기』라는 책으로 남긴다. 북한강과 남한강의 강원도 발원지에서부터 한강(열수)에 이르기까지 합류되는 수원지를 모두 열거하며 북한강과 남한강의 근원을 밝힌다.

오늘날 정약용의 호를 다산이라고 부른다. 그러나 정약용 본인은 '열수'라는 호를 좋아했다. 전남 강진에서의 유배 생활 18년 동안에도 늘 '열수(한강)'를 그리워했다. 한강을 사랑한 열수 정약용! 2018년은 『목민심서』 저술, 유배에서 풀려나 마재로 돌아온 200주년이 되는 해이다. 전남 강진에서의 다산의 시대는 200년 전에 끝났다. 이제는 한강, 열수로 귀향했으니 '열수(한강)'의 시대다.

03 ———

북한강에 피어난 모네의 '빛을 품은 수련'

인상파의 창시자!

빛의 화가라 불리는 프랑스 출신 '클로드 모네'라는 화가가 있다.

클로드 모네는 만년에 지베르니에 정착해서 '물의 정원'을 꾸며 놓고 수련을 연작한다.

하루 종일 시시각각 변하는 빛의 변화를 화폭에 담느라 백내장이 온다. 시력을 잃어 가면서도 수련 그리기를 멈추지 않았다. 빛의 화가 모네는 〈아르장퇴유 부근의 개양귀비꽃〉, 〈양귀비 들판〉이란 작품도 남겼다. 남양주 북한강 조안면에 '물의 정원'이 있다. 43만 6천여 ㎡의 넓이다. 강과 하늘 산이 조화를 이루는 명품 정원이다. 2015년 9월 강변을 뒤덮고 있던 단풍 돼지풀을 뽑고 봄에는 '꽃양귀비', 가을에는 '노랑 코스모스'를 심었다.

사진 촬영의 명소,

드라마 제작 배경의 명소,

자전거 레저 특구로 전국에서 수십만 명이 방문한다.

모네의 수련과 물의 정원의 수련을 감상해 보자.

남양주 북한강 물의 정원의 수련

하천은 정원이다

04 ——

이섭대천(利涉大川)

1795년 7월 정조는 정약용에게 명을 내린다.

'살아서 한강을 넘어올 방도를 도모하라!' 충남 홍주(현 홍성면)의 금정 찰방으로 보낸다.

천주교를 믿고 있다는 끊임없는 공격으로부터 정약용 보호를 위한 조 치였을 것이다.

천주교가 많이 퍼져 있었던 홍주로 발령을 내며 살길을 찾아보라고 했 을 것이다.

이에 부응한 정약용은 현지 선비들에게 조정의 서학금령을 거듭 이르 고, 제사 지내기를 권하며 유교 경전을 강론하였다. 1796년 봄, 정조는 정약용의 활동을 공개적으로 칭찬한다. 이어서 병조참지, 우부승지, 좌 부승지로 고속 승진을 시켰다.

주역에는 이섭대천(利涉大川)의 쾌가 있다. '큰 하천을 건넘이 이롭다.'

라는 뜻이다. 하천을 안전하게 건너기 위해서는 준비해야 한다. 배를 구하든가 다리를 놓든가 수영해야 한다. 정조가 정약용에게 '살아서 한강을 넘어올 방도를 도모하라'고 주문한 것도 이섭대천(利涉大川)의 쾌라고 생각한다.

124개 316km의 강과 하천이 있는 남양주!

시민 여러분이 이섭대천(利涉大川)해야 한다.

하천에서 큰 이로움이 있도록 만들어야 한다.

그러기 위해서 어떻게 하면 좋을까?

2018년 9월 11일 시민 퍼실리테이터들과 처음 만났다.

'아름다운 하천 만들기' 시민 대토론회 진행을 도와주실 분들이다.

이제부터 시작이다.

05

법(法)이 별거인가 흐르는 양심이지

퇴근길 주차장에서 일어났던 일이다. 주차하려고 후진하는데 툭! 하고 걸렸다. 백미러를 보았다. 아이고야, 다른 차 꽁무니를 추돌했다. 가로등도 없는 어두컴컴한 구석이다. 근처에 사람도 없었다. 재빠르게 멀리 떨어진 곳으로 이동 주차를 했다. 다행히(?) CCTV도 보이지 않았다. 아무 일 없었다는 듯이 현장을 떠났다.

한참을 지나왔지만, 그런데 아무리 생각해도 이건 아니지, 아니지 죄책감이 밀려온다. 다시 현장으로 돌아갔다. 핸드폰 조명을 켜서 부딪혔던 차의 범퍼를 살펴보았다. 순간 깜짝 놀랐다. 어! 이렇게나 심하게? 뒷 범퍼에 조그맣게 긁힌 흔적이 있고 뒤 문짝이 옆으로 심하게 찌그러져 있었다. 이렇게나 많이? 놀라고 당황스러워 모른척하고 가버릴까 생각도 들었지만, 차주에게 전화했다.

"죄송합니다. 주차하면서 접촉했어요. 제가 살짝 접촉했는데 차가 많이 찌그러졌네요."

잠시 후 젊은 차주가 나왔다.

"이거요? 이거는 지난번에 제가 모퉁이 돌다가 사고 냈어요. 요건가요? 하면서 손으로 쓱쓱 닦으니 검은 흔적이 지워집니다. 회사 차인데요. 거래하는 공업사에서 칠하면 되겠네요. 명함 한 장 주세요."

'휴~~~ 다행이다.'
"사장님! 제가 현금 4만 원뿐인데 드릴게요."
"좋아요. 그것만 주세요."

4만 원은 없어졌지만, 뺑소니범은 되지 않았다는 뿌듯함.
못된 사람이라면 뒤집어씌우려 했을 텐데 지난번에 사고를 친 것이라는 양심고백.
막걸리가 달달한 저녁이었다.

법이 별거인가? 흐르는 강물처럼 양심도 자연스럽게 흘러가면 되는 거지.

06

물의 정원의 비명

조안면 북한강 용진 나루터에 물의 정원이 있다. 전체 면적 약 43만 6천여㎡, 물 마음길, 물빛 길, 물 향기길, 하트 존 산책로, 강변연가길, 진중 습지(물의 정원)로 구성되었다. 이곳에 사람들이 몰려와서 관광 열기가 뜨겁다.

강변연가길에 피어난 노랑 코스모스를 보러온다. 2017년에는 연간 100만 명 이상이 다녀갈 정도로 전국적인 명소가 되었다. 그런데 문제가 발생했다. 갓길주차, 차량정체, 쓰레기 투기, 안전사고 위험 등등.

관광객이 몰려들어서 도시 전체가 놀이 공원화되는 현상을 '디즈니피케이션'이라고 한다. 수용 범위를 넘어서 주민들의 삶을 침해하는 현상을 '오버투어리즘'이라고도 한다. '투어리스피케이션'이라는 용어도 있다. 조안면 물의 정원의 모습이기도 하다. (2018년 10월 당시)

오죽했으면 이장단 회의를 하면서 노랑 코스모스를 모두 잘라 버리자는 말까지 나왔을까. 주차시설, 휴게시설, 편의시설, 안전시설, 콘텐츠 보강 등등. 동료들과 함께 현장을 둘러보며 현황을 진단해 보았다. 상수 원보호구역, 그린벨트, 특별보전대책 지역이라서 뾰족한 방법이 없다.

창조, 창의란 새로운 걸 만드는 것이기도 하지만 '있는 것을 자세하게 보는 것'도 창조, 창의이다. 지역경제 활성화에 도움이 되는 즐거운 비명 이라는 비판을 받을 수 있는 방법을 찾아보아야 한다.

남양주시 조안면은 상수원보호구역으로 아직도 규제 때문에 제약이 심하다.

work hard에서 think hard로

프랑스의 사상가 파스칼이 인간을 갈대에 비유하였다. '인간은 가장 약한 갈대에 불과하다. 그러나 생각하는 갈대이다.'라고.

'지나간 일을 후회하고 아직 오지 않은 미래를 걱정하느라 시간을 보내지 않나요?'

마음의 정원, 흔들리는 갈대 속에 새겨진 말이다.

해는 예봉산 너머로 기울어 가는데, 물의 정원 갈대는 무슨 생각을 하는지? 내 생각인가. 너의 생각인가? 갈대가 나인가. 내가 갈대인가? 왔다 갔다 걷고 또 걸으며 둘러보고 바라보며 이리저리 갈대 같은 하루였다.

나무도 생각한다. 나무를 심고 지주목을 1~2년 후에는 제거해 주어야한다. 지주목을 제거하지 않으면 지주목이 잡아주는 걸 나무는 알고, 뿌리를 깊게 뻗지 않는다. 생각하는 나무다.

일을 많이 하던 시대에서(work hard), 생각을 많이 하는 시대로(think hard)!

∶ 저 멀리 예봉산을 바라보며 생각에 잠긴 물의 정원의 갈대

하천은 정원이다

08

강물이 흐르는 데 이유가 있을까?

묻지 마.

이유가 있을까?

왜지.

그냥 응 하고 넘어가자.

꽃이 진다고 아쉬워했던

그날들 저편에

이렇게 응어리가 맺혔구나!

왔던 길 뒤돌아 어디쯤일까?

어디쯤인가 가야 할 길 저만치

그냥

툭! 하고 떨어져

꽃피는 봄날에 거기서 보자.

꼭 이유가 있어야 하는 건 아니잖아.

가고 온다는 것이

그냥 응! 하면 되는 거야.

묻지 마.

정약용의 환소천거, 18과 관련이 많은 삶

「환소천거」는 정약용이 18세 때 지은 시다. 화순에서 소천으로 돌아온 기쁨과 감회를 표현하였다. 화순 현감이던 아버지에게서 공부하고 과거를 보기 위해 고향으로 돌아온 것이다.

소천(소내)이 어디일까? 옛날, 마재에서 광주 남종면으로 건너다니던 나루의 이름이 소내 나루였다. 광주시 남종면 우천리에 소내섬이 있다. 우천리의 우는 한문으로 소 우(牛)다. 마재의 소내 나루는 '牛川渡船場(우천도선장)'이었다. 남종면 우천리로 건너는 나루터였고 소 우(牛)를 쓴 것으로 보아 소를 태워 건넜을 것이다.

정약용은 18이라는 숫자와 관련이 많다. 18세에 「환소천거」를 지었다. 1801년 강진으로 유배되어 18년을 살았다. 1818년 순조 18년에 유배가 풀려 마재로 돌아왔다. 마재에서 18년을 살다가 1736년 돌아가셨다.

J를 생각하며 걷는 즐거움

'정약용 사색의 길'을 걸었다.

옛날 국도를 따라 팔당댐 한강을 거스르면서 걷는다. 팔당 와부읍과 조안면 경계부터 정약용 유적지까지 7km 거리다. 천천히 걸어도 1시간 30분이면 충분하다. 중간중간 사진도 찍고 담소도 나누며 걷는다 해도 2시간이면 여유가 있게 즐길 수 있다.

정약용은 걷는 것은 '맑은 즐거움(淸福)'이라 했다. 허준은 '약으로 치료 (藥補)' 전에, '잘 먹는 것이(食補) 좋고', 잘 먹는 것보다 '걷는 것(行補)이 최고다.'라고 했다. 독일의 철학자 니체는 '가장 중요한 것은, 길 위에 있다.'라고 했다.

J는 누구일까? 정약용이다. 조안면이다. 남양주다.
정약용의 애민! 스스로 열수가 되었다. 한강이 되었다. 백성들의 목마름을 해소하고자 강물이 되었다. 열수(한강)가 되어 생명을 살리고자 하였다. 그 한강이 40여 년 동안 팔당댐에 갇혀 있다. 조안면에 짜장면집, 목욕탕, 약국이 없는 원인이다.

상수원 보호도 하면서 경제 활동도 할 수 있는 상생의 길을 열어야 한다. 이제 갓 피어나는 새싹이지만 가지가 크고 기둥으로 자라도록 가꾸어야 한다. 천 리 길도 한걸음부터라 했다. 세 사람이 뜻을 합하면 무쇠도 자른다고 했다. 동행이 필요하다. 규제를 해소하고 아름다운 정원이 되는 날까지

J · J · J를 생각한다.

11

평생 떠돌이 매월당 김시습

매월당 김시습!

세조의 왕위 찬탈 소식을 듣고 분노하여 책을 불사르고 방랑의 길로 들어선다.

30대 후반에서 40대 후반까지 10년간 남양주 별내면 청학리 수락계곡의 '수락정사'에서 보냈다고 한다. 이율곡이 100년의 스승이라 칭했던 김시습! 최초의 한문 소설 『금오신화』를 저술했다. 『애민의』는 저술을 통해 백성을 사랑하는 근본 마음을 설파했다고 한다. (아직 읽지 못했다.) 정약용의 애민 정신과 일맥상통하리라.

애민정신이야말로 남과 북, 인류가 지향해야 할 하나의 가치가 아닐까 생각해 본다.

2019년 3월 17일 수락산에 올랐다. 봄눈이 있어 풍광을 더했다. 80도

산비탈에 돌계단[1]을 놓기까지 얼마나 힘들었을까. 한 개, 또 한 개 돌계단을 완성하기까지 미치지 않고는 마치지 못했을 것이다.

---

1) 남양주 별내면에서 수락산 내원암을 오르는 길에 설치되어 있는 돌계단

12

가곡천과 신흥무관학교

- 이 땅에 봄은 저절로 온 것은 아니었다.

우당 이회영 일가 남양주 땅을 팔아 두만강을 건너 신흥무관학교를 설립한다!

우당 이회영과 그의 형제, 식솔 60여 명은 1910년 12월 혹한에 두만강을 건넜다. '일본 경찰에 쫓기는 투사가 두만강에 뛰어들어 헤엄치거든 나를 생각해서 무사하게 건네주오.'라며 뱃삯을 후하게 주었다.

고종 때 이조판서를 지낸 이유승은 한음 이덕형의 10세 후손이며 이건영, 석영, 철영, 회영, 시영, 호영 여섯 아들이 있었다. 둘째 석영이 친척 '귤산 이유원'에게 양자로 갔다. 이유원은 제물포 조약을 체결한 고위 관료였고 재산이 많았다. 이유원은 명동에서 남양주 화도읍 가곡리까지 남의 논둑 밭둑을 밟지 않고도 오고 갈 정도로 땅이 많았다. 그 재산을 양자인 석영이 물려받았다. 40만 냥(600억 원)에 처분하여 '신흥무관학교를 설립'하고 독립투쟁을 하였다. 배출한 3,500여 명의 투사들은 청산리 전투와 봉오동 전투 등 독립군의 근간이 되었다.

가곡천! 가오실마을.

'이유원'의 묘는 남양주 수동면 송천리 산96-4(소래비마을 273)번지에 있다. 가오리를 닮은 마을이라고 '가오실 또는 가곡'이라 했다. 그 앞을 흐르는 하천이 '가곡천'이다. 화도읍 가곡리~수동면 송천리 4.5km를 흐른다. 가곡천은 구운천과 합류하여 북한강에 이른다. 북한강과 만난 가곡천수는 조안면 용진 나루에 이르러 한음 이덕형의 별서터와 만난다. 31세 때 조선 최연소 대제학을 지내고 영의정 좌의정을 역임했다.

이 땅에 봄이 온 것은 저절로 온 것이 아니었다.

우리는 빚을 졌다. 우당 이회영과 형제들에게.

하천 민원을 정원으로

"여보세요. 생태하천과인가요?"
'네! 말씀하세요.'

"아니, 여태 자빠져 있다가 이제야 공사를 하는 게 말이 돼요?. 지난해 8월에 수해가 난 것을 지금에야 파헤치는 게 어디 있냐고요?"
'아~ 네, 관심과 전화해 주셔서 고맙습니다. 여태까지 자빠져 있지는 않았고요. 조사하고~ 재해 요청하고~ 상급 기관에서 현지 확인 나오고 ~ 피해 금액 확정 승인받고~ 예산 편성하고~ 설계하고~ 계약하고~ 그러다 보니까.'

장마가 온단다. 하천가 들꽃은 내 근심을 아는지 모르는지. 기생꽃이라던가? 차라리 내가 꽃이련만 좋았을 것을. 저 새는 생각이나 있는 건지? 차라리 내가 새였으면 좋았을 것을.
하천은 '국가하천', '지방하천', '소하천', '구거(공유수면)'로 구분한다.

국가하천, 지방하천은 〈하천법〉의 적용을 받고 국토부 소관이다. 소하천은 〈소하천정비법〉을 적용하며 행정안전부 소관이다. 구거(공유수면)는 〈공유수면법〉을 적용하며 해양수산부 소관이다.

민원인들이 볼 때는 크고 작은 차이이지 모두 하천이고 강이고 계곡일 뿐이다. 그러나 적용법령이 다르니 혼란스러워한다. 하천 민원은 점용허가, 용도폐지, 잡초 제거, 자전거도로 개설, 산책로 조성, 인도교 설치, 차도 설치, 공작물 설치, 공원 조성 등등 나날이 늘어간다. 특히 신도시가 들어선 하천에는 더욱 민원이 많다.

민원이 많다는 것은 주민 간의 갈등도 많다는 뜻이다. 도랑(구거—공유수면)을 두고 벌이는 진입로 문제, 점용에 따른 우선권 주장 등, 법 내용도 〈하천법〉에는 유수지장물 철거, 불법 시설물 철거 때 '행정대집행 특례조항'이 있다. 그러나 〈소하천법〉에는 '행정대집행 특례조항'이 없다.

법체계가 단순 명확해야 행정 집행도 명쾌 명확하고 민원도 시원하게 해결될 수 있는데 너무 복잡하다. 기초지자체 일선 공무원들이 현장에서의 이러한 문제를 법에 반영하여 개선하려고 노력해야 한다. 그런데 민원 해결에 동분서주 바쁘다 보니 문제를 알면서도 반영을 못 한다. 바쁘게 1~2년 뛰다 보면 인사 발령이 나서 하천 업무를 떠난다.

돌고 돌아 제자리다. 하지만 하천 민원을 정원으로 만들고자 오늘도
고민한다.

14 —

하천 정원을 그리다

남양주는 국가하천 2개, 지방하천 32개, 소하천 90개소 등 124개소의 하천이 있다. (2018년 12월 기준) 구거, 도랑 등 거미줄처럼 얽혀 있는 공유수면에 대해서는 통계도 없다.

1. 한강은 남양주에서 시작된다.

남한강은 태백산 검룡소에서, 북한강은 금강산에서 발원하여 조안에 이르러 남한강은 '남'을, 북한강은 '북'을 버리고 마침내 하나의 강 '한강'을 이룬다.

정약용의 생가는 조안이다. 제2의 한강의 기적은 통일이고 통합의 민족정신은 열수 정약용의 '애민 정신'이어야 함을 암시하는 것만 같다. 오늘도 열수 정약용은 한강을 바라보고 있다.

2. 남양주의 강은 진경산수화의 모델이었다.

조선시대 동양화 배경은 중국의 산수였다. 이른바 관념 산수화다. 중국을 가본 일도 없으면서 상상하거나 남의 그림 속 중국 경치를 그렸다.

겸재 정선(1676~1759)은 65세 무렵 한강과 한양 일대를 33장의 그림으로 그렸다. 『경교명승첩』이라는 화첩으로 엮는다. 「미호 석실서원」, 「삼주삼산각」, 「독백탄」 배경이 남양주다.

3. 남양주의 하천은 왕들의 하천이다.

홍릉천은 고종의 능 홍릉을 의미한다. 사릉천은 단종의 비 정순왕후의 능 사릉 앞을 흐른다.

왕숙천은 광릉 수목원의 광릉 세조와 동구릉의 태조 이성계와 관련이 있다. 묵현천의 상류에는 흥선대원군이 영면하고 있다. 덕릉천은 아버지를 왕으로 추존하려는 선조의 효심이 스며 있다.

이제부터는 하천을 정원으로 만들고자 한다. 하천 정원화 사업이다. 하천의 불법을 없애고(음식점, 불법 시설물), 하천을 연중 깨끗하게 청소하고, 하천을 리조트화하여 힐링 공간으로 만드는 것이다.

하나의 강, 한강이 시작되는 곳

진경산수화의 모델이었던 남양주

왕들의 강물이 쉼 없이 흘러가는 곳

'하천 정원'의 도시 남양주다.

15

케론강인가 요단강인가?

님아~ 그 강을 건너지 마소!

붙잡아도 매달려도 예외 없이 건너는 강

이승과 저승 사이를 흐르는 강. 한 번 건너면 다시는 되돌아오지 못하는 강

요단강인가? 케론강인가? 금천인가?

나를 많이 아껴 주시던 처삼촌이 오랜 지병을 털어 버리고 그 강을 건너가셨다.

이승에서의 모든 아픔을 강물로 치료하시고 이승에서의 모든 근심과 걱정도 강물에 흘려버리고 저승에서는 행복하소서 사십구재 영정을 모신 곳은 도봉산 자락 사패산의 석굴암이다. 처 숙모께서 6·25전쟁 시 피란을 했던 곳이란다. 피란처였던 암자는 처삼촌과 처숙모의 평생 마음의 안식처로 귀의하였다.

백범 김구도 석굴암에 은신했었다 한다. 상해로 건너가기 전이라고 한

다. 2019년 6월 26일은 백범 김구 서거 70주년이었다.

　강이란 길이고, 길은 인연이다.

　강을 건너 인연을 끊고 강을 건너 인연을 만난다.

　6월 하순, 회룡계곡 석굴암 샘가에서 인연을 끊고 맺었다. 처삼촌을 보내고 백범을 만났다.

　하천은 정원이다

16

기약도 없는 사랑이지만 기다리는 마음

기약도 없고 덧없는 사랑을 얼마나 더 기다려야 하나? 꽃양귀비 씨를 뿌리고 기다렸다. 가뭄이 들어 싹이 돋지를 않았다. 상수원보호구역 하천이라 퇴비도 비료도 양껏 주지도 못했다.

싹이 나기나 하려는지 꽃이 피기나 하려는지. 정성을 다해서 물을 주고 풀을 뽑고, 야자 방석 깔고, 꽃밭에 들어가지 말라고 줄 펜스 치며 애태우던 시간, 봄 가뭄으로 성장이 더디어 다 죽은 것 같았던 꽃이 활짝 피었다. 꽃양귀비 꽃말은 '기약 없던 사랑', '덧없는 사랑'이라고도 한다. 6월의 푸르름과 붉은 꽃이 어우러졌다.

6월이 가고 7월이 왔다.

열수 용진 나루 물의 정원, 원추리 활짝 피었다. 꽃말이 '기다리는 마음'이다.

풋사랑에 설레던 소년과 소녀는

어느덧 두둑한 뱃살과 주름진 세월만 아쉬워 한다.

양수리 우체국에서 20원 딸딸이 전화를 걸어

수줍게 주고받던 달콤했던 밀어들

이제는 수줍지도 않은 중년이 되었건만

아직도 기다리고 싶었노라 듣고 싶었다.

17

물에 젖지 않는 도서관

흘러가는 저 강물에도, 쏟아지는 빗물에도, 고인 진흙탕물에도 젖지 않는 물의 정원 도서관을 상상해 본다. 물의 정원 버드나무 여기저기에 주렁주렁 책이 열려 있는 모습을.

물에 젖지 않는 책이 발간된다고 한다. 따사로운 햇살을 받으면서 책 갈피를 넘기면 어떨까? 비가 주룩주룩 내리는 날에도 찰랑이는 북한강 물결에 책장을 넘기면 또 어떨까? 물의 정원 여기저기에 책을 숨겨놓고 보물을 찾을 듯이 읽어보면 어떨까?

원주지방 국토관리청에 다녀오는 길에 꿈을 꾸어본다. 물의 정원 생태체험 특구 조성을 구상해 본다. 마을기업에서 꽃밭을 가꾸고, 꽃차 만들고, 생태체험선이 정약용 유적지를 오가고, 맨발로 황톳길과 꽃길을 걷고, 젖지 않는 책을 읽으며, 주문한 도시락을 즐기고.
꿈이 꿈이 아니길 바란다.

꿈이 꾸밈으로 실현되기를 바란다.

오늘도 막~ 상상해 본다.

물로 키우는 반려 식물

미세먼지, 화학물질 제거에 효과가 있다는 식물들.

나 좋자고 잔인하게 싹둑 잘라서 물에 담갔다. 인도고무나무, 스투키, 산세비에리아, 돈나무, 악마의 발톱. 생명력은 놀라웠다. 잘려진 곳에서 뿌리가 나왔다. 고무나무 잎을 뜯었을 때 하얀 액체가 뚝뚝 떨어졌다.

잎을 물에 담가두었는데 뿌리가 났다. 산세비에리아는 복제했다. 뿌리가 나면서 어린 새싹을 낳았다. 깡마른 스투키도 뿌리를 내리고, 돈나무도 뿌리가 나고, 악마의 발톱도 뿌리가 났다. 날씨도 추워지고 화분으로 옮겼다.

개, 고양이는 아직 내키지 않는다. 식물을 키우면 창의력이 좋아지고, 공기청정기 역할도 한다고 해서. 무엇보다 물만 주면 되니까 돈도 안 든다.

요즈음은 '반려 식물'이라고도 한다.

19 ——

'이슬'이 강물이 되고 하천이 됩니다

지난밤 무슨 생각을 굴리고 굴려

아침 풀잎 위에

이렇듯 영롱한 한 방울의 은유로 태어났을까?

(중략)

밤새 홀로 걸어와

무슨 말을 전하려고

아침 풀잎 위에

이렇듯 맑고 위대한 시간을 머금고 있는가

　　　　　　　　　　– 문정희, 『나는 문이다』의 「아침이슬」 중에서

한 방울의 이슬이 강이 되고 하천이 된다.

발길에 차여 흩어질지라도 슬퍼 마라.

한 방울의 물이 바위를 뚫는다.

그러니 포기하지 마라.

○○의 말을 들었습니다

냇물이 하는 말을 들었습니다.

느긋하게 흐름을 따르라.

쉬지 말고 움직여라.

머뭇거리거나 두려워 말라.

태양이 하는 말을

작은 풀들이 하는 말을

나무가 하는 말을

오늘도 많이 듣겠습니다.

백 번 잘려도 새로 돋아난다

- 柳經百別又新枝

1995년 남양주군과 미금시가 도농 복합도시로 통합하여 남양주시로 거듭났다.

남양주를 풀어 보았다.

남(南) = 사방(十)에 울타리(冂)를 치고 양(羊)을 기르기 좋은 장소가 남(南)이다.

양(楊) = 나무(木), 해(日)와 달(月)이 있어서 변화(易)가 무궁무진한 버드나무 양(楊)이다.

주(州) = 하천(川)이 흐르고 강가에는 집들(、、、)이 옹기종기 모여 있는 마을이 주(州)이다.

문헌 정보에 나와 있는 내용이 아니다. 학술적으로 설문해자로 풀이한 것도 아니다. 그냥 아이디어 차원에서 생각한 것이다. 정답은 아니지만 희망이고 꿈이다.

남양주!

풀이처럼 산과 숲과 강과 하천, 도시가 잘 어우러졌다. 현대와 전통과 문화유산이 오래된 미래를 알려준다. 옹기종기하던 동네는 100만을 바라보는 대도시가 되었다. 빠르게 변화하는 현대다.

버드나무(楊, 柳) 정신이 필요하다. 꺾이고 잘려도 다시 돋아나는 끈질긴 생명력이 필요하다. 조선 4대 문장가인 상촌 신흠선생이 시로 남겨두었다. (柳經百別又新枝; 버드나무는 100번을 잘려도 새로운 가지가 난다)

남양주!
무한한 변화의 중심에 있다.
우리가 변화를 이끌어 갈 주인공이다.

22

봉선사천과 한글

고구마를 캐면서 한글날을 기념한다.

남양주에는 '봉선사'라는 절이 있다. 광릉 수목원 입구에 있다. 한국불교 조계종 제25교구 본찰이다. '광릉'의 주인 세조를 기리는 원찰이다. 봉선사에서는 경전과 큰 법당 현판이 한글이다. 한문을 모르는 사람도 불경 읽기 편하다. 전국 사찰 중에서 유일하게 불교 경전을 한글로 쓴다.

봉선사 앞을 흐르는 하천 이름이 '봉선사천'이다. 봉선사로 인하여 봉선사천이라고 한다. 포천시 소홀읍 무림리에서 시작하여 광릉 수목원을 가로지르며 왕숙천과 합류한다.

왕숙천 일대(진접읍, 오남읍, 진건읍)를 '풍양'이라 불렀다. 옛날에는 '풍양현'이었다. 진접읍 내각리에는 '풍양행궁'터가 있다. 풍양을 본으로 하는 성씨가 '풍양 조'씨다. 조선말 안동김씨와 함께 세도를 다투던 가문이다.

한글날을 기념한 고구마(아래 사진 참조)는 풍양 조씨 '조엄'이 1763년 일본에서 들여왔다. 백성들의 배고픔을 덜어 주는 구황 작물로 널리 재배되었고 현재는 건강식품으로 사랑받는다.

봉선사에서 한글 경전을 읽으며 힐링하고, 봉선사 천 둘레길을 걷고, 풍양 사람이 들여온 고구마를 먹으면 건강이 따라올 것이다.

23

여름에는 개자식, 겨울에는 아저씨

들녘에서는 가을걷이가 한창이다.

황금 들판에서 수확하는 벼 가마니가 그득하게 쌓이면 저절로 배가 부르다. 벼농사는 물이 있어야 한다. 집성촌을 이루고 살던 옛날에는 논에 물을 공급할 때는 4촌 간에도 멱살을 잡고, 손 위 항렬에 예를 차릴 상황이 아니었다. 오죽했으면 '자식 죽어가는 꼴은 볼지라도 논 말라가는 꼴은 못 본다.'라고 했을까. 그래서 '여름에는 개자식, 겨울에는 아저씨'라는 말도 있다.

국가와 국가 간에도 물싸움은 치열하다. 세계적으로 200개 이상의 강과 하천이 두 개에서 다섯 개 국가를 관통하며 흐른다. 이 공유 하천에는 세계 인구의 30~40%가 산다.

미국·멕시코 리오그란데강, 콜로라도강

중국·태국·베트남의 메콩강

인도·방글라데시 갠지스강

한국 · 북한 임진강 상류(임남댐, 황강댐), 북한강 상류(평화의 댐)가 그렇다.

이스라엘 · 시리아의 3차 중동전쟁은 요르단강 상류에 댐을 건설해서 일어난 싸움이었다. 고부군수 조병갑이 정읍천에서 만석보를 설치하고 물세를 걷자 농민들이 분노하였다. 1894년 동학농민운동으로 연결되는 수로가 되었다. 경북 봉화에서 귀촌한 노인이 '엽총을 난사하여' 공무원이 숨진 사건도 물로 인한 갈등이었다. 20세기가 석유 전쟁이었다면, 21세기는 물의 전쟁이다.

남양주도 물 때문에 숨이 막히고 있다.

상수원보호구역 규제 때문이다. 상수원을 해제할 수는 없다. 해제를 원하지도 않는다. 보호와 보존을 하면서도 사람이 살아가면서 활용할 수 있는 방안을 찾자는 것이다. 개발을 원하는 것도 아니다. 현대의 과학기술은 얼마든지 활용할 수 있는 방안이 있다.

알렉산더 대왕의 '고르디우스의 매듭을 끊는' 결단과 지혜가 필요할 때다.

이제 규제는 과학으로 풀어야 한다.

Part 2

왕·용·장군의
하천 정원

좌버스 우택시의 명당,
왕의 강, 용의 하천

왕의 강, 용의 하천! 장군의 하천 정원.

명당!

좌청룡 우백호는 옛말이다.

이제는 좌버스, 우택시가 명당이다.

강 따라 떠난 이별 영영 다시 못 볼세라

자규와 함께 울며 동강에 띄웠더니

미호까지 굽이굽이 눈물이 천만리네

몸서리친 사모의 정 까치발 높이 들고

사릉천 넘치도록 채우고 채웠다가

첨벙첨벙 왕숙천을 내달려 맞이하네.

고운 님이시여

천만리 머나먼 길에, 먹골배를 흠향하소서.

01 ——

왕실의 눈물 하천을 이루다

남양주에는 왕숙천, 사릉천, 홍릉천이 있다.

모두 왕과 관련되어 있다.

'왕숙천'은 태조 이성계와 관련된다.

아들이 아들의 손에 죽었다. 조선 개국 초, 태조 이성계의 5남 이방원이 이복동생 방번과 방석을 죽였다. 왕자의 난이다. 이성계는 함흥으로 간다. 함흥차사라는 고사가 만들어진다. 훗날 한양으로 돌아올 때 남양주 진접에서 8일 밤을 보냈다. 팔야리라는 지명이 생기고 왕이 잤다고 '왕숙천'이 되었다. 아들이 아들의 손에 죽고 권력에서 밀려났을 때, 분노와 슬픔으로 흘린 피눈물은 강이 되었다.

왕숙천 지류 광릉숲에는 조선 제7대 임금 세조가 묻힌 광릉이 있다. 어린 조카 단종을 죽이고, 동생 안평대군을 죽이고 왕좌에 올랐다. 조카며느리 송씨를 단종과 맺어 주었다. 조카를 죽이고 조카며느리는 노비로 만들었다. 신숙주가 노비로 달라고 했어도 주지 않았고 노비로 만들었으나 노비로 부리지는 말라고 했다. 그 송씨가 잠들어 있는 곳이 '사릉'이다.

단종의 신원이 복원되고 송씨도 '정순왕후'의 칭호를 받았다. 15세에 단종과 결혼하고 17세에 생이별을 하고 82세까지 살았다. 얼마나 많은 회한과 서러움을 달래고 그리움이 깊었을까? 그녀의 눈물이 사릉천을 만들었다. 사릉천은 흘러 왕숙천과 만난다. 왕숙천에서 광릉의 세조와 만나게 된다. 기구한 운명이다.

사릉천 지류에는 광해군의 묘가 있다. 선조의 아들로 임진왜란이라는 국란을 수습하였다. 대동법을 시행하고, 청과 명의 틈에서 외교술을 발휘하였다. 어머니를 폐하고 동생을 죽였다는 정치적 명분과 동생의 복수를 위한 인조에게 권좌를 빼앗긴다. 제주도로 유배되어 자연사한다. 어머니 발치에 묻어 달라는 유언에 따라 진건읍 송능리에 묻혔다. 광해군의 눈물 또한 사릉천으로 흘러든다.

홍릉은 대한제국 1대 황제 고종의 능이다. 홍릉천을 만들었다. 황제를 선포했으되 힘이 없는 나라. 숱한 세월 얼마나 많은 피와 눈물을 흘렸나? (박종인의 『매국노 고종』을 보면 그렇지도 않았다.)

죽어서도 멈추지 않는 왕들과 왕비의 눈물!

하천을 이루어 흐른다. 강이 되어 흐른다.

하천은 역사가 되었고 왕실의 정원이 되었다.

02

단종이시여 먹골배를 흠향하소서

　단종은 1456년 음력 6월22일 유배를 떠난다. 2018년 달력으로 8월 3일
이었다. 금부도사 왕방연과 군사 50명이 호송을 했다. 물 한 모금도 함부
로 주지 말라는 한명회 일파의 감시가 엄했다. 부인 송씨(사릉의 정순왕
후)와 영도교에서 영영 이별했다. 삼촌 세조가 내시 편에 보내온 전송주
를 내시 얼굴에 뿌리고 광나루로 나와 배를 탔다. 팔당을 지날 때 백성들
은 단종을 향하여 눈물로 배알하였다. '배알머리'라는 지명으로 남았다.

　왕방연은 영월까지 단종을 호송하고 복귀하면서 "천만리 머나먼 길에
고우님 여의옵고, 내 마음 둘 데 없어 냇가에 앉았으니, 저 물로 내 마음
같아야 밤새 울어 예놋다(가는구나)"라며 착잡한 심정을 드러낸다. 지역
에서 전해지는 이야기에 따르면, 왕방연은 벼슬에서 물러난 이후에 중랑
천 변에서 배 농사를 하였다. 가을이면 잘 익은 배만 골라서 '천만리 머나
먼 길 고운 님이시여, 흠향하소서.' 단종에게 제를 올렸다. 중랑천 일대를
墨洞(묵동)이라 했다. 배밭이 많았다고 한다.

근대에 와서 배밭이 주택가로 개발되고 배 농가들이 인근 별내면으로 새로운 과수원을 찾아 옮겨오면서 별내면이 먹골배 주산지가 되었다. 墨洞(묵동)이 먹골로 바뀌었다.

강 따라 떠난 이별 영영 다시 못 볼세라

자규와 함께 울며 동강에 띄웠더니

미호까지 굽이굽이 눈물이 천만리네

몸서리친 사모의 정, 까치발 높이 들고

사릉천 넘치도록 채우고 채웠다가

첨벙첨벙 왕숙천을 내달려 맞이하네.

고운 님이시여

천만리 머나먼 길에, 먹골배를 흠향하소서.

03

용알뜨기

'설은 나가 쇠어도 대보름은 집에서 보내야 한다.'라는 속담이 있다.

대보름을 설보다도 중요하게 여겼다. 대보름에는 샘, 우물, 하천에서 '용알뜨기'라는 풍습이 있었다. 지금은 상수도가 보급되어 찾아볼 수 없는 잊힌 풍습이다. 대보름 새벽 첫닭이 울면 샘이나 우물에 '용이 알을 낳는다.'라고 한다. 용의 알이 떠 있는 물을 떠서 밥을 하면 무병장수하고 한 해의 농사가 대풍이 든다고 믿었다. 서로 제일 먼저 물을 뜨려고 자리 싸움이 치열했을 것이다.

'용의 알'은 샘물에 떠 있는 거품이다. 바가지로 물을 떠서 휘저으면 거품이 많이 생긴다.

제일 먼저 물을 뜬 사람은 지푸라기나 새끼를 샘에다 던져 표시하였다. 나중에 온 사람은 다른 샘을 찾아서 용알을 떴다.

누구나 용이 되기를 희망한다. 용은 별이고 별은 스타다. 용은 미르

'물'의 옛말이다. 하늘의 미리내, 은하수는 용이 사는 하천이다. '미리'는 사전에 준비한다는 뜻이기도 하다. '예산(豫算)'할 때 예(豫)자는 한문으로 '미리 예'자이다. 그러므로 용이 되려면 미리미리 준비하라는 뜻이다.

옛 선조들은 새벽에 '용알을 뜨며' 마음가짐을 새롭게 했다.

04

내성천 회룡포

용이 승천한다는 경북 예천군 비룡산 전망대에서 회룡포를 바라본다.

남양주에도 용이 있는 강과 마을이 있다. 용암천, 용정천, 어룡, 청룡, 구룡, 오룡 등이다. 용암천은 별내면 용암산에서 발원하여 퇴계원을 지나 왕숙천과 합류한다. 용정천은 진건읍 송라산에서 발원하여 벌판을 지나 왕숙천과 합류한다.

청룡은 수동면, 구룡은 호평동, 오룡은 진건읍에 있는 마을이다. 어룡은 두 군데에 있는데 금곡동에 있는 어룡은 어룡천에 살고, 와부읍에 있는 어룡은 폭포 마을에 산다.

어변성룡(魚變成龍)이라, 물고기가 변하여 용이 된다는 뜻이다.

거친 폭포를 거슬러 올라야 용이 된다고 했다. 환경녹지국 동료들이 용이 되기 위하여 워크숍을 왔다. 회룡촌이 한눈에 보이는 회룡대, 회룡대를 오르는 길에 세워놓은 시비, 황금 들녘이 푸른 하늘과 조화를 이룬다. 청룡인 듯 황룡인 듯.

05

대구 팔공산 용수천[2]

용수천은 전국적으로 여러 곳이다.

대구의 용수천은 팔공산에서 발원하여 금호강과 만난다. 금호강은 낙동강과 합류한다.

시간이 빠르다. 완주 지방행정연수원에서 6주의 사무관 교육을 받은 것이 만 5년 됐다. 동기들이 대구 용수천에 모였다.

용수천 주변에는 팔공산 미나리가 유명하다. 용수천의 깨끗한 물로 재배하는 것이어서인지 맛이 좋다. 향이 상큼하다. 한 자도 넘는 생미나리를 돌돌 말아서 초고추장에 찍어 먹으니 술술 넘어간다. 용수천변의 펜션에서 가슴으로 마셨다. 미나리에 취하지도 않는다. 제주에서 방어와 전복, 해삼을, 서산에서 낙지를, 합천에서 쇠고기를 가져왔다. 어우러져 밤을 새웠다.

---

2) 2014년 사무관승진 동기 모임을 대구에서 하면서

맥주는 목구멍으로 먹고, 와인과 위스키는 혀로 마시고, 소주는 가슴으로 마신다고, 막걸리는 술이 아니라 음식이라서 씹어 먹는단다.

팔공산에 눈이 내렸다. 설경과 상고대가 멋지다.

동기란 좋은 것이다. 분임 20명 중에 대부분 퇴직했다.
모두 건강하게 2모작을 사시기를 바란다.

06

구룡천

숫자 '9'는 신성함을 의미한다.

바둑에서 9단은 인간으로 최고의 경지(10단은 신의 경지)라 했다.

강과 하천에 9가 들어가는 지명이 있다면 용과 관련될 것이다. 강과 하천은 용과 많은 연관이 있다.

남양주에도 구룡천이 있다. 호평동과 평내동을 흐르는 1.7km의 소하천이다. 국도 46호선 마치터널 인근에서 호평역 근처까지 흐른다. 평시에는 거의 건천이고 생활하수가 흐른다. 구룡천의 유래는 '아홉 마리 용이 승천했다는 설, 구 씨와 명 씨가 살아서 구명 터라 했다가 구룡 터로 됐다는 설, 전구용이라는 사람이 살아서 유래했다는 설'이 있다.

9의 소중함에 대하여 각별하게 느낀다.

원 9, 더블 9, 쓰리 9, 포 9, 파이브 9, 식스 9. (9, 99, 99.9, 99.99, 99.999, 99.9999)

일본이 팔지 않겠다고 하는 불화수소 순도는 99.999 이상이다.

어릴 적에 구구단 외우기는 큰 숙제였다. 『은하철도 999』도 재미있는 만화였다(작자 일본인).

우리 기술도 순도 높은 식스나인의 불화수소 생산 가능하다고 하니 힘이 솟는다. 투자와 시간이 필요하지만, 그래도 이번 기회에 해야 한다.

투나인만으로도 세계의 존망을 받는 류현진 선수, 더욱 자랑스럽다.

식스나인, 기술 독립 가즈아 "대~한 민국~~!!"

투나인 류현진, 사이영상 가~즈아~~!!

07

부용천과 정문부의 북관대첩비

엇나간다. 삶이 그렇다. 돌고 도는 것이다.

빗물이 수락산 동남향으로 떨어지면 수락산 계곡으로 흘러 청학천→용암천→왕숙천→한강으로 간다. 수락산 동북 방향으로 떨어진 빗물은 검은돌 계곡→민락천 →부용천→중랑천을 거쳐 한강으로 간다. 같은 수락산에 떨어졌건만 돌고 돌아서 다시 만나야 하는 것이다.

의정부 용현동 부용천 옆에 '의병장 정문부 장군'의 묘소와 사당이 있다. 임진왜란 때 함경북도 길주에서 의병을 모집하여 가등청정이 이끄는 일본군을 무찔렀다. 승전의 내용을 자세하게 기록한 것이 '북관대첩비'다.

러시아와 전쟁하면서 일본군이 함경북도에 주둔할 때 '북관대첩비'를 발견한다. 일본으로 가져간다. 야스쿠니신사에 넣어 둔다. 1t이 넘는 무거운 머리돌로 누르고, 콘크리트로 단단하게 고정하여 움직이지 못하게 만들었다. 정문부 장군에게 죽은 일본군의 영혼들이 두고두고 복수를 하라고 그런 것이다. 우리의 정서라면 조상의 복수를 한다고 발견 즉시 산산조각 박살을 냈을 것이다.

북관대첩비를 돌려받기까지 민간교류, 남북 협력, 한일 소통, 즉, 민간단체와 해주정씨 문중의 반환 노력, 한국과 북한 당국자의 반환을 위한 공동협의로 일본은 마지못해 돌려주었다. 실물은 북으로 갔고 모형을 만들어 두었다.

인조반정이라는 정세 속에서 정문부 장군은 모반이라는 모함을 받았다. 연루되지 않았으나 인조를 풍자한 시를 지었다는 죄를 씌워 고문을 가해 죽였다. 광해군과 대북파, 인조반정과 친명 배금의 세력 집권의 영향을 받았다. 80여 년 뒤에 신원이 회복됐다.
이미 죽은 사람이 돌아오겠냐만 명예는 회복이 되었다.

강은 오늘도 흐른다. 하천은 내일도 흐른다. 역사는 돌고 도는 것인가? 어지럽게 돈다.

08 ——

을지문덕이 쌓았다는 퇴뫼산성

용암천!

별내면 용암리 수리봉에서 발원하여 퇴계원에서 왕숙천과 합류하는 12.3km의 지방하천이다. 용을 닮은 바위가 있다고 용암리라 한다. 용암천 발원지는 수리봉 근처에 용의 형상이 있다. 예전에는 무속인들이 치성을 드리러 많이 찾아오던 장소였다. 지금은 광릉 국립수목원에서 입산을 엄격하게 통제하여 무단으로 들어갈 수 없다.

퇴뫼산은 수리봉의 줄기를 이루는 산이다. 잦 고개를 따라 퇴뫼산에 갔다. 퇴뫼산 정상에는 고성, 옛 성, 퇴뫼성으로도 불리는 산성이 있다. 사방팔방이 다 보이는 명당이다. 지리를 몰라도 군사 요충지였을 거라는 직감이 든다. 북서로는 의정부, 양주 불곡산이 보인다. 북동으로는 진접, 포천 내촌이 보인다. 동으로는 양평, 동남으로는 하남, 성남이 보이고, 서남으로 남산, 서쪽으로 도봉산이 보인다. 봉수대의 위치로는 최적지다. 봉수터처럼 보이는 흔적이 아직도 멀쩡하다. 성곽도 약 700여 m

가 남아 있고, 기와 조각도 보이고 건물터 흔적도 있다.

언제 누가 쌓았는지 기록이 불분명하다. 동네에서는 을지문덕 장군이 쌓았다는 설이 전해오고 있다. 아차산에서 온달이 위험에 빠졌을 때 구원하러 왔을 것이라 한다. 임진왜란 때 권율 장군이 진을 쳤다가 행주산성으로 옮겨갔다는 설도 있다.

발굴해서 관광지로 활용하면, 사방팔방이 다 보이는 일몰과 일출을 함께 볼 수 있는 명소가 될 것이다. 별내 에코랜드, 진접 풍양궁, 자작나무숲과 연계한다면 더 좋겠다.

09

묘의 이름만이라도 왕릉으로 '덕릉'

남양주의 하천은 왕들의 하천이다.

홍릉천(홍유릉, 고종·순종의릉), 왕숙천(태조 이성계가 8일 밤 머물렀
다 하여, 광릉에 세조가 잠들어 있다고), 사릉천(사릉, 단종의 비 정순왕
후의 능)이다. 덕릉천은 '덕릉' 때문에 붙여진 이름이다. 덕릉천은 별내동
당고개에서 발원하여 덕송천과 합류하는 805m의 소하천이다.

남양주 별내면에서 노원구로 넘어가는 고개가 당고개다. 당고개에 '덕
릉'이라 불리는 묘가 있다. '덕릉'에 묻힌 왕은 누구일까? 덕릉은 선조의
친부 '덕흥대원군'의 묘다. 왕의 아버지를 대원군이라 한다. 선조는 아버
지를 왕으로 추존하고자 했으나 신하들이 반대하여 뜻을 이루지 못한다.

묘의 이름만이라도 능으로 부르도록 만들었다. 한양으로 오는 나무꾼
들에게 어디에서 왔느냐고 묻고 '덕릉 고개'로 왔다고 하면 국밥 먹을 엽

전을 주었다고 한다. 국밥을 먹으려고 너도나도 덕릉 고개로 왔노라고 하여 묘지명이 '덕릉'으로 불리게 되었다. 왕으로 추존하려는 선조의 효심이 스며있다.

왕의 '왕이 아닌 친아버지를 대원군'이라 하였다. 선조의 아버지 '덕흥대원군', 인조의 아버지 '정원대원군', 고종의 아버지 '흥선대원군', 철종의 아버지 '전계대원군'이 있다. 선조는 아버지를 왕으로의 추존은 실패하였지만, 인조는 정원 대원군인 아버지를 왕으로 추존하는 데 성공했다. 남양주시 금곡동 군장리에 있던 정원군의 묘를 김포로 옮겨 '장릉'으로 조성했다.

조선의 역사 중 왕의 왕이 아닌 친아버지 4명 중에서 3명이 남양주와 인연이 있다. (2명의 묘소가 남양주에 있고, 1명은 김포로 감)

고개 숙인 아버지들이여, 왕의 아버지가 될지 누가 압니까.
오늘도 당당하게 세상 속으로 흘러갑시다.

10

명당? 좌청룡 우백호 NO, 좌택시 우버스 Yes!

영화 〈명당〉이 있다.

천재 지관 박재상과 흥선대원군, 장동 김씨 김좌근 가문이 각자의 이득을 얻고자 명당을 차지하려는 이야기가 줄거리다.

영화 주인공 흥선과 김좌근 조상의 묘가 남양주에 있다. '흥선대원군'의 묘는 남양주 화도읍 창현리에 있다. 고양시 공덕리, 파주시 대덕리로 떠돌다 1966년 현 위치로 이장되었다.

장동김씨 김좌근의 6대조 할아버지 김상헌의 묘는 와부읍 율석리에 있다. (김상헌-김광찬-김수항-김창집-김조순-김유근-김좌근-김병기로 이어짐) 전국 8대 명당이라 불린다. (8곳 안에 든다는 개념이 아니라 그만큼 좋다는 의미라 함, 실제로 8대 명당이 어디 어디라 선정되어 있지 않음)

명당을 장풍득수로 따지면 '장풍론'이라 한다. 바람(기)은 잠재우고 물을 얻는 자리라야 한다는 것이다. 산세의 흐름, 모양 등 형국으로 살피면 '형세형국론'이라 한다. 수석동 석실마을의 학의 모습인 '학혈', 차산리 학이 날아오르는 '학비형', 덕소5리 김상헌의 옥병에 물을 담은 '옥호저수형', 삼패동 평구마을의 '박넝쿨형', 도곡1리 여자가 누워있는 '인형 혈'로 보고 있다. (〈남양주문화원 20년사〉 참조)

남양주는 한강을 앞에 두고 천마산을 주산으로 배산임수의 명당이다. 명당을 논할 때 '좌청룡 우백호'를 본다. 좋은 자리는 기운이 좋아서 후손에게 복이 전해진다는 것이다. 동기감응론이다.

동기감응론에 의문을 표한다. 살아있는 사람도 자주 만나야 정이 든다. 이른바 눈도장, 눈앞의 진상이란 말이다. 그런데 좌청룡 우백호가 좋다고 산골짜기에 산소를 써보자. 1년에 벌초 한 번, 명절에 성묘 한두 번 가서야 눈도장 찍고 동기감응이 되겠는가? 벌초 가려면 잡초가 우거지고 칡넝쿨이 감겨서 길도 찾지 못한다.

그래서 이제는 '좌택시 우버스를 명당'이라고 해야 한다.

살면서 안 풀리고 속상하고 보고 싶을 때, 소주 한 병 오징어포 사서 버스 타고 산소에 갔다가 택시 타고 돌아올 수 있는 곳이 명당이라 생각한다.

역시 죽어서나 살아서나 소통이 최고의 명당이다. 소통하려면 가까이 더 가까이.

좌청룡 우백호가 명당이 아니다. 이제는 좌택시 우버스가 명당이다.

11

하천 정원 '남양주 왕숙 3기 신도시'

남양주시 왕숙천 변을 중심으로 조성된다.

왕숙천의 유래는 여러 개다. 조선을 건국한 태조 이성계가 진접읍에서 8일 밤을 자고 갔다는 설, 광릉수목원 내에 세조가 영면하고 있어서라는 설, 구리시 동구릉에 조선 왕가의 릉이 있어서라는 설이 있다. 유력한 설은 태조가 8일 밤을 자고 갔다는 이야기다.

아무튼 '제3기 신도시 남양주 왕숙'은 왕숙천이고, 특히 '왕숙 1'은 왕숙천을 중심으로 조성된다. 왕숙천(폭 130m)과 연계 수변 복합 문화마을, 에너지 자족 마을로 조성계획이다. 생태하천을 활용한 복합상업, 복합문화공간을 조성한다.

왕숙천을 연계하여 수변 복합 문화마을인 '하천 정원 신도시'를 기대한다.

용을 닮은 세종정부종합청사

금강은 비단을 펼쳐 놓은 것처럼 아름답다는 뜻이다. 우리나라 4대 하천이다. 세종특별시를 가로지른다.

행정안전부가 세종정부종합청사로 이전하였다. 세종정부종합청사의 건물 형상은 용이다. 용이 똬리를 튼 것처럼 디자인되었다. 용은 하천에 산다. 물이 깊어도 용이 살지 않으면 호수라 할 수 없다고 했다. 세종시에는 용자 들어가는 지명과 하천이 여러 개다. 변화무쌍한 현대에 정부의 기능도 변화무쌍하게 대응하라는 의미가 담긴 청사 모양이라는 생각이 들게 한다.

남양주에서 세종정부종합청사까지는 머나먼 길이다. 청학천, 백천사천, 답내천 소하천 정비사업 실시설계를 하는데 사업비가 증액되어어 한다. 재정협의를 위하여 안전행정부를 찾았다.

시군에서 일을 하려는데 중앙정부에서 발목을 잡으면 안 된다면서 문제점과 해결방안을 시원시원하게 상담해 주었다.

    갈 때는 안 된다고 부정적이면 어쩌나 고민했는데 돌아오는 길에는 마음이 가볍다.

    반짝이는 금강의 물결이 더욱 아름답다.

13

영조와 정선, 진경산수화

영조가 총애한 겸재 정선(謙齋 鄭歚, 1676~1759)!

조선시대 숙종대와 영조대에 활동했던 화가다. 정선은 스승 김창흡 문하에서 동문수학한 이병연과 시와 그림을 주고받았다. 주고받은 그림을 상하 2첩 25폭을 묶어서 『경교명승첩』이라고 한다. 지금으로부터 300년 전의 풍경화 모음집이다. 진짜 풍경을 그렸다고 '진경산수화'라 한다. 『경교명승첩』에 남양주 관련 풍경이 등장 한다.

「삼주삼산각(三州三山閣)」, 「미호 석실서원(渼湖 石室書院)」, 「독백탄(獨柏灘)」이다.

① '삼주삼산각'은 현재 수석동 한강공원에서 미음나루 음식문화 특화거리 일대이다. 정선의 스승 김창협이 왕숙천과 한강이 합수하는 외미음 앞의 모래밭 세 군데를 삼주라 칭하고 삼산각이란 집을 짓고 산 데서 연유하였다.

② '미호 석실서원'은 수석동에 있던 서원으로 1656년(효종 7)에 김상용, 김상헌 형제의 충절과 학덕을 기리기 위해 세운 서원이다. 안동김씨에게 모멸을 받았던 흥선대원군이 서원 철폐령을 내려 현재는 흔적도 없이 사라지고 터만 남아 있다.

③「독백탄」은 양수리 일대의 풍경을 그린 것이다.

광주에서 정약용 선생 생가인 마현마을과 수종사를 하늘 위에서 보듯이 운길산을 그렸다. 팔당댐에 잠기기 전, 섬과 마을의 풍경이라 현재의 모습과는 같지 않지만, 운길산과 수종사는(그림 오른쪽 위에) 뚜렷하게 보인다. 300년 전의 남양주는 진경산수화의 대가인 겸재에 의해 생생하게 표현되었다. 남양주의 풍경은 진경산수화의 모델이었다.

삼주삼산각에서부터 수종사 아래 물의 정원에 이르는 한강과 북한강변의 자전거도로와 풍경을 찾아 사람들이 몰리고 있다. 남양주 강변의 옛날과 현재의 모습을 찾아 강 따라 하천 따라 남양주의 자전거 길은 명승이다.

맛난 먹을거리도 많고, 재미난 이야기도 많다.
진미, 진경을 진짜로 즐겨 볼 만하다.

14

중종반정의 주역 박원종, '甲山과 陶심천'

甲山하면 '내가 三水甲山을 가더라도 하고야 말겠다.'라는 말이 떠오른다. 삼수갑산은 함경도에 있다. 갑산이 남양주 와부읍에도 있다. 갑산에서 발원하여 陶谷1리와 도곡4리를 흘러 한강으로 합류하는 소하천이 2.4km의 도심천이다.

도곡리라는 지명이 전국에 많다. 도자기 도와 골짜기 곡을 쓰는 陶谷리, 길도와 골짜기 곡을 쓰는 道谷리로 쓴다. 陶谷리는 도자기나 옹기를 만들던 마을이고 道谷리는 서원이나 절이 있던 마을이 아닐까 생각된다.

도곡1리에는 연산군을 폐위시키고 조선 제11대 임금 중종을 등극시킨 중종반정의 주역 박원종의 묘역이 있다. 풍수적으로 '人形穴(인형혈)'이라 한다. 갑산을 멀리서 바라보면 여인이 누워있는 사람의 형상이다. 반정은 하였지만 제도적인 개혁을 하지는 못했다. 다른 세력들이 반정을 계획하자 이에 선수를 빼앗기지 않으려고 일으킨 반정이었기 때문이다.

갑산과 적갑산 예봉산으로 이어지는 산줄기는 화도읍, 조안면으로 연결되는 산길이 있다. 6.25전쟁 때 배순동이라는 분이 유격대를 조직하여 공산군의 배후를 공격하는 등 향토방위를 하였던 곳이다. 예봉산의 호랑이로 불렸다. 덕소중학교 정문 통학로에 배순동 추모비가 있다.

실제로 갑산에는 1924년까지 호랑이가 살았다. 1924년 2월 1일자 동아일보에 보도되었다. '와부읍 월문리 425번지에 사는 조한순이 갑산에서 호랑이를 잡았다. 길이가 석자가 넘고 중량은 스물다섯근이 넘었다.'라고.

금년 8월 15일 광복절에 개봉된 '영화 독립군' 도입부에 일본군 장교가 호랑이를 난도질하는 모습이 나온다. 호랑이는 우리 민족의 상징이다. 1988년 하계올림픽 마스코트가 '호돌이'이기도 했다.

갑산의 호랑이가 마셨던 물, 배순동 열사가 마셨던 물에서 발원한 도심천은 오늘도 흐른다.

도심천 하류에 산책길을 만들기 위하여 현장을 찾았다. 남양주의 하천은 정원이다.

Part 3

새와 들짐승의
하천 정원

새들이 편안한 하천,
짐승들도 행복한 강

새들이 편안하게 찾아오는 강

들짐승이 평화롭게 뛰어노는 하천

행복한 날개에 사랑을 실어 나르고

청학!

날개 여덟 개, 다리는 한 개,

사람의 얼굴을 하고 부리는 새의 주둥이를 한 새.

청학이 울면 세상이 태평하다는 전설의 새다.

팔당의 참수리!

평화라는 물고기를 힘차게 낚아채는 남·북이 되었으면 좋겠다.

01

청학! 청학천 수락산 계곡

청학!

날개가 여덟 개, 다리는 한 개, 사람의 얼굴을 하고 입은 새의 주둥이를 한 새다. 청학이 울면 세상이 태평하다는 전설의 새다. 전국적으로 청학이란 지명은 여러 곳이다. 대표적으로 지리산 청학동 마을이 있다. 도사들이 도를 닦는 청정하고 신성한 곳처럼 느껴진다.

남양주에도 청학이 있으니 별내면 청학리다. 수락산 계곡이다. 수락산에서 발원하여 용암천까지 흐르는 하천이 청학천이다. 청학천은 한양(서울) 근처에 있는 경치 좋은 곳이다.

현대 정주영 씨의 별장이 있었고 금오신화의 저자 김시습이 머물던 곳이다. 김시습, 세조의 왕위 찬탈에 분노하여 준비하던 과거를 포기하고 서적을 불태운 후 청학으로 들어왔다.

수락산 계곡이 달라진다. 소하천 정비 사업을 한다. 현지 주민들을 만났다. 사업설명을 하고 질문에 답변했다. 3번째의 만남이다. 80대 할아버지께서 도끼를 여러 개 사 놓았다고 한다. 판문점 도끼 만행이 청학에서 벌어질 거란다. 어떤 말을 들어도 사업은 한다.

청학!
세상을 태평하게 한다는 전설의 새를 현실로 만든다.
단, 주민과 함께한다.

앞으로 천 번을 더 만나더라도.

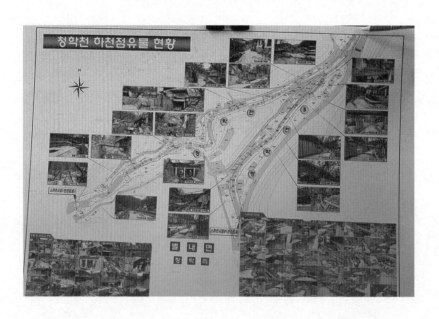

02

팔당댐 하구 한강의 참수리

찬바람에 피부를 에이는 영하 13도의 날씨!

강가의 바람은 더욱 차갑다. 그러나 팔당댐 하류 500여 미터 지점에서 한강을 응시하는 눈길이 뜨겁다. 참수리를 관찰·촬영하기 위하여 조류 보호협회, 조류작가들이 추위에도 자리를 지키고 있다.

참수리! 멸종위기 1급, 천연기념물 243호다. 지인께서 제공해 준 동영 상을 보니 날렵하게 먹이를 낚아채는 모습이다. '참수리' 하면 1, 2차 연 평해전이 생각난다. 연안 경비, 중국어선 퇴치를 위해 해군에서 운용하 는 군함을 참수리 경비정이라 한다. 윤영하 소령과 장병들이 장렬하게 싸우다 침몰한 참수리호. 그 이후 윤영하 경비정이 만들어졌다.

팔당에서 흘러 흘러 서해로 가는 한강의 물은 연평까지도 가겠지. 새 해에는 지난 과거와 같은 불상사가 없는 상호신뢰할 수 있는 관계로 발 전되기를 기원해 본다.

평화라는 물고기를 힘차게 낚아채는 남 · 북이 되었으면 좋겠다.

03

수동면 군안천의 반딧불

군안천은 소하천이다!

남양주 수동면 운수리를 적신다. 오남읍 팔현리에서 수동을 연결하는 국지도 86호선이 지나는 동네다.

이곳은 누룽지가 구수하다. 봄이면 아이들이 손모를 심는다. 여름이면 반딧불이가 반짝반짝 짝을 찾는다. 하지 감자를 캔다. 가을이 올 즈음에 옥수수가 나온다.

이 모든 일은 이희원 노인회장님께서 지휘하신다. 노인 일자리 사업으로 추진하는데 멋지다. 반딧불이 박사님이시다. 반딧불이를 키우고 있다. '반딧불은 성충이 되면 입이 없어져요. 아무것도 먹지 않고 열흘쯤 살다가 죽어요. 정치인과 공무원도 반딧불이 성충처럼 살아야 해요. 먹지는 않지만 반짝반짝 희망의 불빛을 내는 그런 반딧불이거든요.'

이장님이 말씀을 거든다.

"군안천을 따라 오르면 물 맑은 수목원으로 가죠. 쇠스랑 개울이라 했는데, 가재, 메기, 장어도 나와요."

"예, 당장 사업을 할 수 없지만 일단 이렇게 이야기하는 것만으로도 사업은 시작된 겁니다. 함께 시작해 보시죠."라는 말씀을 드렸다.

생태하천, 노인 일자리, 교육과 체험, 건강과 활력이 있는 우리의 하천을 보았다. 수동면 군안천에서.

04

철새의 정원

남양주시 조안면 진중리에 '물의 정원'이 있다. 이곳에 겨울 진객이 찾아왔다.

양수리 정상묵님이 큰고니를 촬영해 보내주었다. 키는 150㎝, 양 날개를 펴면 240㎝, 체중은 12㎏다. 캄차카반도 시베리아에서 시월 말에 왔다가 3월 중순에 다시 간다. 천연기념물이다. 물 위를 달리면서 날아오르는 모습이 장관이다. 4계절 볼거리가 있는 물의 정원을 만들고자 고민인데 겨울새 탐방도 좋을 것 같다.

새들이 춤추며 반겨주는 물의 정원이다.

봄이다. 철새들이 떠날 준비를 한다. 팔당댐 하류에서 겨울을 보낸 참수리와 흰꼬리수리의 비행 모습이 우아하다. 정약용 생태공원 팔당호에는 고니 수백 마리 모여 있다. 얼음이 녹고 있는 물에서 먹이를 찾는다.

2월 말이나 3월 초에 시베리아로 떠난다. 머나먼 길 이동하려면 든든하

게 먹어야 하겠다.

하천은 정원이다

05 ——

크낙새 울던 광릉숲의 황금가지

광릉숲의 겨울 하늘이 시원하게 맑다.

푸르른 창공에 앙상한 가지를 뻗은 나무는 참나무다. 광릉숲의 새, 크낙새가 크낙크낙 울며 앉던 나무이기도 하다. 참나무에 까치집처럼 보이는 것은 '겨우살이'다. 영어로 '미슬토'라 한다. 마르면 황금빛이다.

영국의 사회인류학자 제임스 조지 프레이저의 저서 '황금가지'가 바로 겨우살이다. 황금가지는 신화와 종교를 연구한 책이다. 인간의 문명이 미신과 주술에서 종교로, 종교에서 과학으로 진행되었다고 역설한다. 겨우살이를 말려서 차로 마시기도 한다. 당뇨와 암 예방에 좋다는 방송이 된 후에 높은 곳이 아니면 볼 수 없다. 서양에서는 크리스마스트리에 겨우살이 묶음을 장식으로 쓴다. 겨우살이 아래에서 연인이 키스하면 마녀나 악마가 근접하지 못한다는 믿음 때문이다.

"크리스마스에 많은 것을 바라지 않아요. 눈이 올 것을 기대하지도 않죠. 나는 그저 겨우살이 아래에서 기다릴 뿐이에요." 1994년 머라이어 캐리가 부른 노래 〈All I want for Christmas is you〉 가사에도 나온다.

꽃처럼 보이는 넝쿨들은 뭘까?

사위질빵이다. 넝쿨이 질기지 않고 똑똑 잘 부러진다. 장모님이 사위가 짊어질 짐의 질빵으로 사용했다. 사위 짐이 무거울 수가 없다. 황량한 겨울 숲에 꽃으로 말라가는 씨앗들이 곱다.

어린잎은 나물로도 먹고 뿌리는 한약재다.

고목이 속을 썩이며 텅 비웠다. 사람도 속 많이 썩어야 인간이 되나. 필자도 속을 비워야 하는데 아랫배가 날로 불룩해지니 인간 되기는 글렀나 보다.

광릉 수목원이다. 수목원 둘레길이 걸을 만하다.

광릉숲은 1년에 딱 한 번 열리는 축제가 있다. 광릉숲 걷기다.

겨우살이

사위질빵

06

해오라기 이덕무

이덕무(1741~1793)의 호는 청장이다. 청장이란 해오라기다. 맑고 깨끗한 물가에 붙박이처럼 서 있다가 다가오는 먹이만을 먹고 살아서 청렴을 상징하는 새다. 이덕무가 '청장'이라 자칭한 이유다.

사회 경제적 개혁을 주장하기보다는 고증적인 학문토대를 마련하여 정약용, 김정희 등에 학문적 영향을 끼친 이용후생파 실학자다. 1년 내내 책을 읽기만 한다고 해서 살아갈 방도가 나오지 않는다면 차라리 책을 팔아 끼니를 마련하는 것이 옳다고 생각했다. 실제로 굶주리던 그가 맹자를 팔아 끼니를 때우기도 했다. 절친 유득공에게 책을 팔아 밥 사 먹었다 자랑하니 '그대가 옳다.'라며, 유득공은 좌씨전을 팔아 함께 술을 마셨다.

대학 진학, 취업, 인력난, 구직난, 저출산 등등 어렵다. 인생이란 길을 가는데 정답은 없다.

그러나 이덕무의 "1년 내내 책을 읽기만 한다고 해서 살아갈 방도가 없다면 차라리 책을 팔아 끼니를 마련하라"는 생각은 시사하는 바가 크다.

대학, 대학원 출신의 석사, 박사학위 고학력 일꾼들은 많은데 기업에서는 사람이 없다고 아우성친다.

07

노란 동백꽃

생강나무가 노란 꽃을 피웠다. 김유정의 소설 동백꽃이 생강나무다. 점순이와 내가 쓰러진 숲에서 '알싸하고 향긋하여 정신을 아찔하게' 냄새를 풍기던 나무다. 방금 구워낸 따스한 감자 세 개를 건네주던 점순이가 그리워진다.

내 속을 새카맣게 태우던 처녀, 동백꽃 피고 지어도 오지 않는 소양강처녀!

아우라지 뱃사공아 배 좀 건네주게, 강 건너 올 동백이 다 떨어지면 임이 떠나네!

소양강에 피고 지던 동백꽃, 아우라지에 떨어지는 동백꽃도 생강나무다.

남양주 별내면 용암리!

'면차[3] 끌고 용암리 갔다. 탄약고 지나 배밭 건너에 그녀의 집이 보인다.'

데이트할 때 나의 일기장을 채워 주던 설레는 동네였다. 현의 동네이다. 어느덧 훌쩍 커버린 삼 남매의 외갓집이다. 눈에 확 들어오지 않지만 봄을 알리는 동백꽃이 용암리 산자락에 그득하다.

김소월이 저만치서 피어있다는 산유화다.

'산유화'는 산에 피는 꽃들을 말한다.

진달래도, 할미꽃도 산유화다.

나에게 현이는 언제나 '알싸하고 향긋' 한 산유화다.

내 속을 태우던 소양강 처녀였고

떠날까 설레는 아우라지 님이다.

봄에는 강 따라 하천 따라 현이 따라서 봄나들이 다녀와야 하겠다.

---

3) 면사무소 공용차량

08 ──────

왕숙천 쇠제비갈매기의 사랑

5월에는 기념일이 많다. 근로자의 날, 어린이날, 어버이날, 유권자의 날, 부처님 오신 날, 스승의 날, 성년의 날, 부부의 날, 바다의 날이 달력에 표기되어 있다. 5월은 가정의 달이라고도 한다. 가정을 이루는 기본은 부부다.

왕숙천을 찾아온 쇠제비갈매기 부부가 사랑을 나눈다. 매년 4월 10일경 7마리에서 10마리가 왔다가 5월 초순에 간다. 쇠제비갈매기의 사랑을 사진으로 담으려고 여러 명이 모여 있다. 쇠제비갈매기 수컷이 피라미를 잡아서 암컷에게 들이밀며 구애한다. 마음에 들면 받아먹고 마음에 들지 않으면 외면한다. 한참 피라미를 흔들다 외면당하면 수컷 자신이 먹어버린다. 짝짓기에 성공한 쇠제비갈매기는 영종도로 이동하여 새끼를 낳을 거라 유추한다.

쇠제비갈매기의 사랑의 장소는 제3기 신도시 '왕숙 신도시'에 포함된 지역이다.

수변 문화 복합도시에 쇠제비갈매기의 사랑도 담기면 좋겠다.

사진은 양수리 정상묵 명반 감상실 대표님께서 제공해 주었다.

생명들의 정원

　팔현천의 불법 시설물 철거 현장에는 생명이 잉태하고 새싹이 돋고 있다. 하천은 사람만의 공간이 아니다. 새, 물고기, 나비, 벌 등등의 생명이 살아가는 공간이다. 콘크리트를 깨는 굴착기의 기계음이 요란하고, 사람들이 왔다 갔다 하는 현장을 노랑할미새 한 마리가 안절부절 맴돌고 있다. 지켜보고 있노라니 둥지가 있다. 암놈이 알을 품고 있다. 다행히 사람이 쌓은 석축 더미가 아닌 자연석 바위 안이라서 철거 대상이 아니다.

　나비와 벌은 들꽃을 쫓아 꿀과 화분에 빠져 있다.
　물막이를 헐어버리자 버들치들이 꿈틀대며 튀어 오른다.
　많은 사람이 오고 갔을 텐데 더덕도 있다.

　열흘 동안 계속된 원팔현천, 팔현천의 철거가 마무리되어 간다.
　하천의 불법 철거는 하천을 생명의 공간으로 되돌리는 일이다.
　이제는 하천에 평상과 좌판 벌여서 음식 영업하는 행위를 하지 말아야 한다.

생명이 살아가는 정원으
로 가꾸어야 한다.

왕릉 금천과 홍유릉 연지를 찾은 원앙이

왕릉을 방문하면 금천을 건너야 한다. 작은 개천이 있고 다리를 건너야 왕릉으로 들어간다. 개천은 산 사람의 공간과 영혼의 공간을 구분하는 경계다. 금천이라 한다. 능의 신성한 기운이 밖으로 새는 것을 막으며 밖의 나쁜 기운이 침범하는 것도 막아주는 장치다.

40여 개 조선왕릉에는 금천이 있다.

홍유릉은 황제의 능이다. 대한제국을 선포한 고종과 뒤를 이었던 순종의 능이다.

황제릉은 왕릉과 몇 가지가 다르다.

1. 정(丁)자 형태의 정자각이 일(一)자형으로 바뀌고 이름도 침전으로 변경되었다. 규모도 3칸이 아닌 측면 4칸 정면 5칸이다.

2. 황제의 용포는 황색이다. 청색이 아니다.

3. 연못도 천원지방을 따른 4각형이 아닌 원형이다

4. 신도를 중심으로 좌우에 어도가 설치되어 있는데 참도가 3개의 단

으로 되어 있다.

　4가지 외에도 여러 가지 다른 특징이 있다.

　조류작가 전정기 선생께서 2019년 7월 3일에 홍릉 연지에서 찍은 원앙이 사진은 보내 주셨다. 원앙이 홍릉을 찾은 것은 기적이라고 한다.

두더지 밥상

물의 정원에 노랑 코스모스 싹이 났다.

10월 초순쯤이면 활짝 피겠지.

훼방꾼이 나타났다.

두더지란 놈이 터널을 뚫고 다닌다.

여기저기 마구 뚫고 다닌다.

이제 막 돋아난 새싹들이 뿌리가 들떠서 시든다.

이놈을 어찌해야 할까.

상수원보호구역이라서 농약을 치지 않고 강가라 습기가 있으니 지렁이가 살기 좋은 토양이다.

지렁이 먹방인 두더지에겐 꽃밭이 밥상인 거다.

12 ———

한강의 '가마우지'

가마우지!

전 세계에 32종이 있다.

팔당호 족자 섬에 1개의 종이 무리를 지어 살고 있다.

상수원보호구역의 물고기만 먹어서인지 크고 건강하다.

요즈음 '가마우지 경제'를 벗어나 '펠리컨 경제' 체제로 만들어야 한다
고 한다.

핵심 소재를 육성하여 일본 의존도를 낮춘다는 것이다.

'펠리컨 경제'라고들 한다.

'펠리컨 경제' 체제로 빨리 구축하려면 '수도권 규제'가 빨리 철폐되어
야 한다.

'수도권 규제 철폐' 없이는 '펠리컨 경제' 어렵다.

또한

팔당호의 가마우지는 자유롭지만,

팔당호 주변 남양주, 양평, 광주 시민의 목에는 '팔당호 상수원규제'라
는 줄이 감겨 있다.

공장도, 식당도 극히 제한적이다.

'팔당호 상수원규제도' 4차산업혁명의 기술을 적용하여 완화되어야 한
다.

언제까지 팔당호 주민들이 상수도를 위하여 목에 줄을 감고 있어야 한
단 말인가?

13

가물치

외래종, 귀화종, 도입종, 자생종, 침입종, 토착종!

동·식물의 원산지 또는 출신지(?)를 분류할 때 구분하는 개념들이다.

단풍 돼지풀, 가시박은 대표적인 외래종이다. 유해 외래종으로 낙인찍어 놓았다. 강가와 하천변에서 잘 자란다. 성장 속도가 빠르고 씨앗이 많아 번식력이 강하다. 꽃피고 씨앗이 맺히기 전에 제거하면 손쉽다.

자연의 질서를 인위적으로 조절하기란 쉽지 않다. 그래도 손 놓고 있으면 더욱 악화하기에 방치하고 방관할 수도 없다.

한때는 전국의 강과 하천의 수생태계를 교란했던 황소개구리가 토종 개구리와 두꺼비에게 거의 제압 당했다고 한다.

우리나라 고유종 가물치가 해외에서 맹위를 떨치고 있다는 소식이다.

망초 - 달걀 꽃

특히 일본의 강과 하천에서 선전하고 있다니 더욱 기분이 좋다. 가물치를 응원한다.

　푸르른 5월의 들녘에서는 자리싸움이 치열하다. 외래종, 귀화종, 도입종, 자생종, 침입종, 토착종들의 서로 어울려 문제없이 살 수는 없는 건가? 꼭 낙인을 찍어야 하는가? 바람이 분다.

14

동양하루살이[4]

한강 변의 동양하루살이 퇴치법을 제안한다.

해마다 6월에서 8월이면 한강 변에는 불청객들이 넘쳐난다. 2급수 이상에서 서식한다는 동양하루살이 때문이다. 상가, 주택, 차량 등에 수십 마리가 날아와서 혐오감(?), 지저분한 느낌을 준다. 남양주시를 비롯해 한강 변에 있는 지자체 보건당국에서 동양하루살이를 퇴치하기 위해 골몰하고 있다. 살충제를 사용할 수 없는 환경 보호지역이기에 퇴치법도 친환경적인 방법을 찾고 있다. 대표적으로 미꾸라지와 토종붕어를 하천에 방류한다. 하천을 거닐며 살펴본 결과, 동양하루살이의 습성에 따른 퇴치법을 생각해 보았다.

---

4) 남양주시에서는 와부읍 삼패 한강 일대에서 대대적인 동양하루살이 퇴치를 하고 있지만 줄어들지 않고 있습니다. 끈끈이가 가장 효과를 보여주고 있습니다.

(도시의 디자인적 측면에서)

1. 동양하루살이는 불빛을 좋아한다.

그것도 흰색의 불빛을 더욱 좋아한다.

그러니 주택가 흰색의 가로등 불빛은 다른 색으로 바꿔볼 것을 제안한다.

또한 강가에는 동양하루살이를 유도할 수 있는, 하천에 붙들어 두어 주택가로 날아가지 않도록 흰색의 태양광 LED 가로등을 설치하는 거다.

2. 아파트와 건물의 흰색 계열 외벽 도색을 다른 색으로 바꿀 것을 제안합니다. 도시의 칼라 디자인을 새로 단장해야 한다.

(방제적 측면에서)

1. 거미를 적극 활용해야 한다. 사진에서처럼 호랑거미 등을 대량 양식(번식)해서 하천변 풀숲에 거미줄을 치도록 해야 한다.

2. 청개구리와 두꺼비를 활용해야 한다. 청개구리와 두꺼비를 가로등 주변에 살게 하면 동양하루살이를 잘 잡아먹는다.

(자연생태계에서는 좋은 방법인데 인위적으로 도입하는 방법을 연구해야 한다.)

3. 흰색을 좋아하는 성질을 이용해야 한다.

하천에서 성충이 되어 주택가까지 날아오지 않도록 강가에 흰색을 많이 조성해 주어야 한다. 강변 수풀을 흰색 줄기, 흰색 꽃, 흰색 잎이 많은 것으로 조성한다.

성충의 활동이 한창인 6~8월에는 강가에 흰색 플래카드(천)를 설치하여 주택까지 가지 않도록 유도한다. 한강 변을 지나는 교각 아래를 흰색, 야광으로 디자인하여 유인한다.

천적을 활용한 퇴치와 동양하루살이의 습성을 파악하여 도시디자인을(시설물 설치, 칼라, 조경)을 한다면 피해가 줄어들 거로 생각한다. 현장이 답이다!

Part 4

하천은 정원이다

남양주 하천 정원 만들기 불법 철거와
경기도 청정계곡사업 원조 논쟁

하천 정원 만들기

남양주의 하천 정원화 사업 & 경기도 청정계곡사업의 원조 논쟁

모두가 힘들게 살던 시절이었다.

하천과 계곡에는 살아온 세월만큼이나 많은 이야기가 쌓였다.

그래도 이제는 변해야 한다.

어디로 어떻게 가야 하는지는 모두 알고 있다.

발걸음을 떼기가 힘들 뿐이다.

스스로는 못 간다.

강제로라도 가게 하겠다.

불법을 없애는 것은

하나, 불법을 하지 않는 것이고(철거, 재발 방지, 근절).

둘, 불법이라는 법을 합법으로 고치는 것이다.

고름은 한 번에 쥐어짜야 한다.

가능할까?

01 ——

하천 정원 출발

 2018년 7월 24일 오후 2시, 남양주시청 여유당에서 '새로운 남양주, 하천 정비'를 주제로 토론회가 열렸다. 참석 대상은 시장, 부시장, 실·국·장을 비롯한 주요부서 과장 등 30여 명이었다. 발표자는 생태하천과장인 필자였다.

 7월 18일 생태하천과장으로 발령받았으니 7일 만의 발표였다. 하천 업무를 보았던 경력이 없었고, 하천을 공부할 시간도 짧았다. 시장이 말하는 하천 리조트에 대하여 이해하지도 못했다. 출제자의 의도를 모르고 기본 지식이 없는 상태에서 답안지를 작성하고 발표까지 하는 셈이었다.

 2시에 계획되었던 회의는 30여 분 늦어졌다. 도지사가 주재하는 경기도 시장, 군수 회의에 참석했던 시장이 늦게 도착했다. 나는 긴장을 풀기 위하여 "너무 바빠 오느라 땀을 흘리시는데 노래라도 한 곡 부를까요?"라고 운을 뗐다. 시장은 손사래를 치면서 "아니에요. 아니에요. 노래라면 내가 더 잘할 수 있어요. 늦었으니까 빨리 시작합시다."라며 바로 시작했다.

나는 '엄마야 누나야 강변 살자. 뜰 앞에 반짝이는 은모래 빛'을 낭독했다. 계획상으로는 노래를 부르면서 가사처럼 하천 정원을 만들겠노라고 하려던 참이었다. 기존에 해 왔던 하천 정비사업 사례를 제시하고, 앞으로 실시할 하천 리조트 사업도 사례처럼 할 것이라 보고했다.

보고를 들은 시장은 본인의 생각을 말했다. '왜 하천 정비에 신경을 쓰는가? 투자 대비 가성비가 높은 하드웨어를 제공하고, 한 곳이라도 제대로 걷고, 자전거 타고, 가족과 산책할 수 있는 공간으로 조성하자. 사람이 많이 거주하는 하천을 먼저 하자. 일정 구간 시범사업으로 기분을 낼 수 있도록 만들어서 우리 시민들이 리조트에 가지 않아도 리조트에 온 것 같이 만들자'며 방향을 제시하였다.

금년 말까지 계곡에서의 모든 불법에 대하여는 내년부터는 절대로 안 된다고 충분한 계고를 하고, 경고장을 부착하고, 계곡, 하천의 모든 건축물, 구조물은 연말까지 철거하라고 하고, 안하면 예산을 들여서라도 강제 철거하자고 지시했다. 공유지인 계곡은 시민의 품으로 돌려주어야 하는 곳이라고 했다. OECD 수준으로 생활수준을 높이기 위해서 하천 불법은 반드시 바로 잡아야 한다고 했다. 하천 정원이 잘 되어 있는 곳을 추천했다. 광주에 있는 화담숲 곤지암리조트의 소하천을 예로 들었다. 하루라도 빨리 현장을 다녀오라고 했다.

이렇게 민선 7기 시작 24일 만에 '하천 정원화' 사업에 대한 방향이 제시되었다. "용 과장! 잘 할 수 있겠어요?"라고 물었다. "네, 열심히 하겠습니다."라고 대답했다. 등에는 땀이 흥건하게 고였다. 전임 생태하천과장이었던 이순○ 과장이 "용 과장이라면 잘 할 수 있을 겁니다."라면서 박수로 응원했다. 참석했던 모든 사람의 박수를 받으면서 첫 회의는 끝났다.

크나큰 바위를 어깨 위에 올려놓은 것처럼 다리가 무겁고 발걸음이 옮겨지지 않았다. 어떻게 하여야 한단 말인가?

02

동료들과 하천 정원 그려보기

2018년 7월 27일 곤지암리조트 소하천을 방문했다. 팀장과 직원 등 담당할 동료들이 동행했다. 리조트 안을 흐르는 소하천을 잘 가꾸어 놓았다. 나무를 심어서 그늘이 우거졌고 졸졸 물소리가 들렸다. 여러 가지 꽃을 심어서 어우러졌다. 관계자의 설명에 따르면 처음에는 외부인에게 개방했었는데 사람들이 너무 몰려와서 폐쇄했다고 한다. 인구 밀집 지역을 흐르는 하천에 이런 공간을 만들면 리조트라는 생각이 들었다.

현장을 보고 왔지만 진도는 앞으로 나가지 못하고 있었다. 대상지를 정하지 못했다. 처음으로 추진하는 사업이라 두려움이 앞섰다. 회의에 회의를 거듭하면서 한 달이 지났다. 시장과 함께하는 '하천 명품 공원화 워크숍'을 기획하였다.

2018. 8. 31~9. 01, 1박 2일로 시장과 실무자들이 마주 앉았다. 생태하천과 전 직원이 참여하여 하천 리조트 사업 추진 방향에 대하여 공감하

고 이해하고자 했다. 설계 용역사에서는 수 백억원이 소요되는 사업안을 제시하였다. 시장은 돈을 많이 들여서 만드는 하천 사업이 아니라고 선을 그었다. '하천을 잘 가꾸어 의료비는 줄이고 행복지수는 올라가는 명품 정원으로 만들고 싶지만' 너무 바빠서 하천을 어떻게 가꿀 것인지 생각하지도 못한다는 주무관의 이야기에 인력과 조직을 늘려주겠다고 했다.

인구 밀집 도심하천에는 인위적인 시설물을 설치하지 말고 산책로, 징검다리, 스피커, 조명만으로 행복한 공간을 만들자. 여름이면 바가지요금, 자릿세 등 불법영업이 판을 치는 하천을 시민에게 돌려주자. 올해 말까지 계고와 자진 철거를 하도록 하고, 내년부터는 행정대집행의 무관용으로 강력하고 철저하게 단속하여 원상 복구하자. 하천을 1년 내내 깨끗하고 청결하게 하자. 보여주기식 일회성 행사는 그만하자. 하천을 깨끗하게 하면 골목도 깨끗하게 할 것이고 청결 문화가 도시 전체로 퍼질 것이다. 부자나 거지나 남녀노소 누구나 하천을 걸으며 행복하다면 건강하고 즐거운 도시가 될 것이다. 라며 열띤 토론을 하였다.

의지와 열정이 빛나는 1박 2일이었다.

03

아름다운 하천 만들기 시민토론회

- 4대 하천 계곡 상인 등 100여 명

하천 불법을 철거한다는 소문이 퍼지고 있었다. 사람들이 관심을 보이기 시작했다. 하천에서 영업하는 상인들과 마주 보면서 하천 정원사업에 대하여 공감하는 시간이 필요했다.

음식점이 몰려 있는 수락산 청학천, 오남읍 팔현천, 원팔현천, 와부읍 묘적사천, 수동면 구운천 상인 80여 명, 해당 읍면동 공무원 등 100여 명이 농업기술센터 대강당에 모였다. 하천별로 조를 구성하여 공무원들과 상인, 회의 진행을 도와줄 시민 퍼실리데이터를 배치하였다.

대강당 정면에 회의내용을 알리는 현수막 제목을 처음에는 '하천 불법 철거를 위한 토론회'라고 했었다. 하지만 처음부터 너무 강하게 하면 부정적으로 반발이 예상되었다. 부드럽게 '아름다운 하천 어떻게 만들 것인가?'라고 내용을 바꾸었다. 처음부터 군중심리를 자극하여 흥분시킬 필요는 없었다.

그동안 시청에서 일방적으로 정책을 만들어 '여러분은 따라오기만 하세요.'라는 사업설명회는 안 합니다. '오늘 여러분의 이야기를 하천 정비 정책에 반영해서 권역별로 사업설명회를 할 겁니다.'라고 하자 '쌓이고 쌓였던 이야기 봇물'이 터졌다. 많은 이야기가 나왔다.

'여름철 한시적으로 영업을 할 수 있도록 허용하고, 단속 위주의 범법자 만들기 고발을 하지 말고, 계곡을 공원화해서 주차장도 만들어 불법주차 없애고, 화장실 만들어서 노상 방뇨 없애고, 쓰레기 무단투기 막아 달라'는 건의 사항부터, '하천에서의 취사 행위 없애고, 이제는 영업주들이 시민의식을 발휘하여 자릿세, 바가지요금 받지 말고 행락객이 다시 찾는 하천을 만들어야 한다.'라는 자성의 목소리도 있었다. 이야기 보자기를 풀어 헤치니 사연이 많기도 하다.

하천 정비사업에 대하여 설명을 들으려고 왔는데 토론회는 집어치우라며 따지기도 했다.

'야! 하천에서 불법하는 사람들 모아 놓고 아름다운 하천을 만들자고? 이런 망할.'이라며, 큰 소리 날 줄 알았는데, 의외로 모두가 공감하는 자리였다.

회의가 끝나갈 즈음에 영상을 틀었다. 매년 여름이면 방송국 뉴스에 나오는 '하천 계곡'에서의 무질서, 바가지, 자릿세를 고발하는 내용이었다. 지켜보던 사람들이 조용하게 바라보았다.

이제 첫발을 뗐다. 갈 길이 험난하고 멀기만 하다. 그러나 함께 간다면 힘들지 않을 것이다. 이제 하천이 달라져야 한다. 변해야 한다고 모두 공감했으니까.

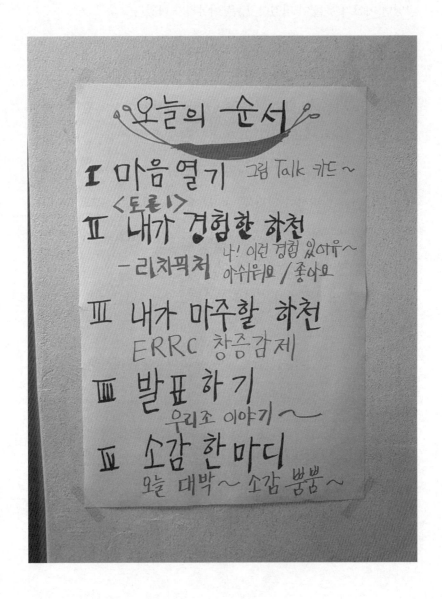

하천은 정원이다

04

최악을 생각하고 최선을 준비

- 관련 부서 합동 T/F팀 출범

남양주 부시장을 T/F 총괄 추진단장으로 하고, 건축, 도시, 산림, 농지, 위생, 읍면동 관련 부서 공무원들이 주축이 되어 하천 불법을 단속하는 '관련 부서 합동 T/F팀'이 출범했다. 여러 부서에서 유기적으로 연결이 되어 있는 사항이 있기에 합동 T/F팀을 구성하고, 생태하천과에서 총괄하였다.

추진내용을 페이스북에 연재하면서 시민들과 공유하였다. 시민들은 진즉에 추진했어야 한다면서 응원이 이어졌다. 한편으로는 우려의 목소리도 있었다. 반발하는 사람들이 움직이기 시작했다는 증거다.

이제 새로워져야 합니다.
새로움은 하천에서부터 시작합니다.
관련 부서와 T/F팀 출범 보고회를 했습니다.
최악을 생각하고 최선을 추구합니다.

쉽지 않을 것이고 만만치 않습니다.

그래도 길은 있고 방법은 있습니다.

새로워지는 것은 아픕니다.

매미가 허물을 벗을 때

뱀이 껍질을 벗을 때의 고통을 견뎌야

성장하고 하늘을 날 수 있으니까요.

새로움이 그리움이 되는 날

그날은 하천에서 맞아야 합니다.

페이스북에는 '좋아요'가 숱하게 달렸다. 힘이 되었다.

05

하천에서 큰 소리로 웃는 날까지

- 읍·면·동·과장 이상 간부 공무원 하천 정원 워크숍

2018년 12월 7~8일 1박 2일로 삼척 바닷가에서 과장급 이상, 읍·면·동장들과 하천 정원 만들기 워크숍을 개최했다. 시청 주요 고위 리더들과도 공유하여야 대민 홍보와 협조가 원활하기 때문이다.

하천 해설사로 나섰다. 읍·면·동장님들과 내년도 하천 사업에 대하여 공유했다. 하천에서 해야 할 일이 많다고 실감하는 시간이었다. 국가하천, 지방하천, 소하천은 생태하천과에서 관리하지만, 공유수면은 읍면동에서 관리한다. 공유수면에서 이루어지는 불법행위도 많다. 완전한 하천 정원이 되려면 소하천 상류에서 이루어지는 공유수면[5]이 관리되어야 한다고 강조했다.

---

[5] 공유수면 관리 및 매립에 관한 법률에서 공유수면 규정 / 해양수산부

하천[6]에서, 소하[7]에서

큰소리로 '껄껄껄' 웃을 수 있도록

'씨~익', '껄껄껄' 미소 지을 수 있도록

그렇게 만들어 보자고 다짐했다.

　　삼척의 촛대바위가 서 있는 시원한 바다에서 운 좋게도 일출을 보았다. 희망을 보았다.

6) 하천법에서 국가하천, 지방하천으로 규정 / 국토해양부
7) 소하천정비법에서 소하천 규정 / 행정안전부

06

신의 한 수

- 청학 소하천 상인들과 간담회

농업기술센터 대강당에서 하천 상인들과 함께 '아름다운 하천 만들기 토론회'를 개최한 이후에 하천별로 간담회를 개최하였다. 청학리 마을회관으로 모였다. 청학 소하천은 수락산에서 시작한다. 수락산 계곡으로 더 많이 알려져 있다. 내원암이라는 사찰이 있다. 사시사철 사람들이 등산과 절을 찾는다. 김시습이 과거 시험을 준비하다가 세조의 계유정난에 책을 불사르고 분을 가라앉히던 곳이다.

계곡에는 불법 음식점들이 있다. 남양주 주요 하천 중에서 불법이 가장 심하다. 우리나라에는 여름휴가 문화가 없었다. 산업사회로 발달하면서 여름휴가 제도가 시작되었고, 해외, 멀리 바닷가에 가지 못하는 사람들이 가까운 계곡을 찾았다. 텐트를 치기도 하고, 닭과 개, 염소를 잡아서 솥을 걸어 끓이면서 물놀이하면서 피서했다. 계곡과 하천 근처에 사는 사람들이 자리를 잡고 영업하면서 자릿세를 받기도 했다. 50년 이상 지속된 현상이다. 상인들을 만났다. 소하천 정비사업 추진 이야기를 나누었다. 상인들은 사업을 하루라도 빨리 추진하여 달라고 했다. 사업 시기, 보상방법 등에 대하여 툭 터놓고 교감했다. 주민들을 만나기 전에는 이런저런 걱정이 많았다. 막상 툭 터놓고 이야기 나누고 나니 후련하다. 자릿세, 바가지요금, 하천 영업이 없는 수락산 계곡! 시작이 반이라고 벌써 사업이 다 된 느낌이다.

청학천을 소하천 정비사업으로 추진한다는 전략이 신의 한 수였다. 소하천은 정비 순서가 있다. 청학천은 순위 밖이었다. 청학천의 불법 설치 시설물들이 하류로 떠내려가다 다리 교각에 걸리면 수해 피해가 발생하므로 재난을 방지하려면 긴급한 사업이 필요하다고 행정안전부에 특별 건의를 했다. 건의가 받아들여지고 국비로 설계비가 책정되면서 탄력을 받았다. 청학천 상인들에게 '하천 정원화' 사업과, '소하천 정비사업'으로 더 이상 청학천에서 불법으로 영업할 수 없다고 인식하도록 설명하였다. 다른 하천의 상인들이 하천 철거 반대 투쟁위원회를 구성하자고 연대 제의를 했을 때는 이미 청학천 상인들은 사업에 협조하기로 마음의 결정을 끝낸 후였다.

07

불법은 더 이상 안 됩니다

- 팔현천 상인들과의 간담회

팔현 2리 마을회관에 상인들과 만났다. 팔현 1리에 이어 두 번째다. 뜨겁다. 절실하다. 오남읍의 팔현천은 천마산에서 발원한다. 두 줄기로 흐르다 오남 호수공원에서 만난다. 팔현 1리를 원팔현천, 팔현2리를 팔현천으로 부른다. 원팔현천은 3.3km, 팔현천은 1.7km다.

맑은 물이 사시사철 흐른다. 여름이면 물을 찾아 행락객이 몰린다. 유원지로 소문이 났다.

'하천에서의 위법행위 더 이상 안 됩니다.'라고 설명했다.

청학천은 소하천 정비사업으로 하지만 팔현천은 불법 철거 사업으로 진행해야 한다. 반발과 저항이 심할 것으로 예상했다. 빗나가지 않았다. 거칠게 항의가 이어졌다.

'비싼 임대료 주고 한 철 장사로 수십 년 버티어 왔어요.' '여기 상인 모두는 매년 벌금 수백만 원씩 내는 범법자입니다.' '여름 한 철만이라도 하천 영업을 허용해 주세요.' '공무원도 더 이상 고발하기 싫습니다. 고발 없는 계곡을 만들어야지요.' '이제는 비정상을 정상으로 불법을 합법으로 가자.'

한 시간여를 물러서지 않고 팽팽한 긴장이 이어졌다.

가야 할 길이 멀다. 8명의 현인이 살았다 해서 팔현천이라 했다던가!

현인들의 현명한 의견을 듣고 싶다. 2019년 새해가 시작되어 1월 중순이 지나고 있다.

08

미래 만드는 묘적사천

- 월문천, 묘적사천 간담회

    소하천 묘적사천은 월문천의 상류다. 월문천은 지방하천으로 한강의 지류다. 합해서 월문천으로 부르기도 한다. 월! 달이다. 달은 시, 노래, 음악, 문학 등 예술의 소재였다. 남양주에는 달(月)동네가 많지는 않다. 와부읍의 월문리, 화도읍의 월산리, 진건읍의 신월리가 있다. 월문천, 월산천, 월곡천이 흐른다. 달이 길게 보인다는 달기산도 있다. 달(月)이 들어간 지명은 남양주의 동쪽에 몰려있다. 달은 떠오를 때 좋아서 지명도 동쪽으로 쏠려 있는 것 같다. 새벽에 서쪽에 떠 있는 달을 본 적이 있던가?

    중국의 무인 달 탐사선 '창어 4호'가 인류 최초로 달 뒷면에 착륙했다고 한다. '창어'는 우리말로 '항아'로 부른다. 대장금에서 '항아님'으로 불렀다. 항아는 중국 신화에서 달의 여신이자 선녀이다. 남편이 서왕모에게서 얻어온 불사약을 훔치어 달로 달아났다고 한다.

    왕은 해, 왕비는 달이다. 왕과 왕비를 모시는 대장금을 달의 여신 '항아'라 부른 이유다. 요즈음 유튜브는 여러모로 유익하다. 클로드 드뷔시의 피아노곡 〈달빛〉을 들을 수 있어 좋다. 서정적인 선율이 오르내린다. 가브리엘 포레의 가곡 〈달빛〉도 좋다. 달빛의 신비로움을 표현했다. 오페라에도 달을 노래한다. 체코의 안토닌 드보르자크의 오페라 '루살카' 1막에 나오는 아리아 〈달에 부치는 노래〉가 있다. 물의 요정 루살카가 왕자를 연모하여 말을 하지 못하는 처녀로 변하였지만 끝내 사랑을 이루지 못한다.

베토벤의 소나타 〈월광〉을 들어본다. 스위스 루체른 호수에 비친 달빛을 연상케 한다는 렐슈타프의 평론으로 〈월광〉이 되었다. 1801년 만들어진 곡이다. 사암 정약용이 유배를 떠난 해이다. 정약용은 달을 보며 다시 안 올 미래를 예상한 것 같다.

벗이여 달밤에 한 잔 생각나거든
오늘 밤 둥근달을 놓치지 말게나
만약 내일 또 달이 뜰까 기대한다면
덧없이 구름만 일고 파도 소리만 아득할 걸세
만약 내일 또 달이 뜰까 기대한다면
둥근달은 이미 이지러질 걸세

오늘도 미래 만든다. 하천에서 불법을 없애고, 불법을 하지 않고 둥근달을 웃으며 즐길 수 있는 월문천을 만들어 보자고 호소한다.

09

자진 철거냐 강제 철거냐

- 수동면 구운천 간담회

남양주시에는 길이 10km가 넘는 지방하천이 5개 있다. 왕숙천 23km, 구운천 15km, 용암천 12km, 사능천 10km, 묵현천 10km이다. 국가하천인 북한강은 17.2km, 한강은 12.7km이다.

수동면 구운천!

주금산(813m) 시루봉에서 발원, 북한강 가평군 청평면 대성리까지 흐른다. 화도읍 구암리다.

대성리는 학기 초이면 대학생들의 MT 장소였다. 기차역 대성리역에서 가깝다. 베이비 세대는 기억할 것이다. 대성리의 아름다운 젊은 날의 피 끓었던 추억을.

아픈 이야기도 있다. 70~80년대는 대학생들이 시위를 주도할 때였다. 정보과 형사는 동향 파악을 위해 숙박 집 천장에 무전기를 틀어 숨겨놓고 도청했다. 대학생들에게 들키지 않으려고 테이프로 단단하게 고정하였다. 여기에 맞서 대학생들은 막대기로 천장을 툭툭 쳐서 검사하고 그래도 안심이 안 되어 라디오를 틀어 놓고 중요 이야기를 나누었다.

모두가 힘들게 살던 시절이었다. 오늘도 살아온 세월만큼이나 계곡과 하천에는 쌓인 이야기가 많다. 그래도 이제는 변해야 한다. 어디로 어떻게 가야 하는지는 모두 알고 있다. 발걸음을 떼기가 힘들 뿐이다. 스스로는 못 간다. 강제로라도 가게 하겠다.

불법을 없애는 것은
하나, 자진 철거하여 불법을 하지 않는 것이고
둘, 행정대집행으로 강제로 철거하여 합법으로 고치는 것이다.
가능할까? 벌써 1월이 지나가고 있다.

10

북에는 소월, 남에는 목월

- 화도읍 묵현천 간담회

묵현천은 천마산에서 발원하여 10.6km를 흘러 금남리에서 북한강과 합류한다. 묵현은 한자로 먹묵(墨), 고개현(峴)을 쓰고 '먹 갓'이라 했다. 검은 갓을 만들었던 동네라고 '묵동'이라고 했고, 마을 앞뒤로 고개가 있어서 양현(두고개)이라던 마을을 합하여 '묵현(먹 갓)'으로 되었다고 한다.

황금돼지의 해[8]인데 남양주에는 돼지와 관련된 지명을 아직 찾지 못했다. 다만 천마산에 사냥을 왔던 이성계가 돼지를 제물로 올리며 사냥 성공을 기원했다는 이야기가 전해진다. 묵현천이 지나는 마석역에는 청록파 조지훈의 시비가 있으며 멀지 않은 곳에 묘소가 있다.

박목월에게 시를 보낸다. 「완화 삼」이다.

'구름 흘러가는 / 물길은 칠백 리 / 나그네 긴소매 꽃잎에 젖어 / 술 익

---

8) 2019년

는 강 마을의 저녁노을이여'

박목월이 화답했다. 「나그네」다.
'길은 외줄기 / 남도 삼백 리 / 술 익는 마을마다 / 타는 저녁놀 / 구름
에 달 가듯이 / 가는 나그네'

「나그네」로 사람들은 북에는 소월, 남에는 목월이라고 했다. 우리는 언
제나 남북이 자유롭게 화답할 수 있을까?

인구 12만의 화도읍! 읍 단위로는 어마어마한 인구다. 앞으로 계속 늘
어날 것이다. 3기 신도시 GTX-B 노선의 종착역이기 때문이다.

'하천을 따라서 천마산까지 오르는 환상적인 산책길을 만들어 주세요.'
'바람에 날려 하천에 떨어지는 쓰레기가 많아요.'
'수질을 개선해야 성공한 하천 사업이에요.'

어느 마을이나 하천 이야기는 뜨겁다. 진지하다. 먹빛 갓의 묵현천을,
맑고 푸른 묵현천으로 만들자면 역설인가? 내 얼굴을 붉게 한다. 술 익
는 강 마을의 저녁노을이, 술이 또 노을이 진다. 1월도 벌써 지나간다. 화
도읍에서 설명회를 했다.

11

하천에는 '닻 내림'을 말아야

원(院) 자 지명은 교통의 요충지다. 역참이 있던 곳이다. 퇴계원, 사리원, 조치원, 장호원이다. 퇴계원은 전국에서 가장 작은 면적이고 인구는 3만 6,000명이다. 30년 전만 해도 교통방송에 퇴계원 사거리의 차량정체를 빼놓고는 방송이 안 됐다. 3면을 용암천과 왕숙천이 감싸 흐른다. 퇴계원산대놀이가 전승되고 있다.

'수십 년 동안 내 평생 여기는 물이 넘은 것을 본 적이 없어요.'

하천 사업설명회를 하면서 듣는 대표적인 이야기다. 환경이 변한 것을 반영한 하천기본계획을 의심하는 것이다. 왜, 제방이 높아져야 하는지, 어째서 하천에 설치되었던 주차장을 들어내고 하상 정리를 해야 하는지를 의아해들 하며 의견이 분분하다.

퇴계원을 흐르는 용암천 상류에는 별내와 갈매 신도시가 들어섰다. 또한 논과 밭이 창고와 비닐하우스로 변했다. 아스팔트와 콘크리트로 포장

된 땅에 쏟아진 비는 곧바로 강으로 모인다. 옛날에는 논과 밭고랑에서 머무르고 스며들던 빗물이 머무를 곳이 없이 그냥 내달린다.

또한 왕숙천 변 지류에는 진건, 진접이 있고 포천, 의정부에서 빗물이 몰려온다. 용암천과 왕숙천은 비행장 마을 두물머리에서 만난다. 왕숙천 바닥이 용암천 바닥보다 높아서 두 물이 만나면 용암천으로 역류한다. 한강에서부터 물이 차서 올라오는 것이다.

3기 신도시가 만들어지면 이런 현상은 더욱 심해질 것이다. 미리 대비해야 한다. 급격한 주거환경의 변화에 대응하는 발 빠른 하천 행정을 해야만 하는 이유다. '닻 내림 효과'에 갇히지 않도록 늘 시선을 바꿔야 한다. 항구에 정박한 배가 닻줄 범위를 벗어나지 못하는 것처럼 부족한 정보와 지나간 통계와 경험에 의존하는 생각과 판단이 '닻 내림'이 될 수가 있다.

하천은 변한다. 어제의 하천이 오늘의 하천이 아니다. 하물며 수십 년 전의 하천 경험은 위험하다. 생존과 직결이다. 나의 진이 빠져도 '닻 내림'에서 주민들을 벗어나게 해야 한다.

칼칼해진 목이 시원한 막걸리를 요구한다. 목구멍도 물길이거늘 어제나 오늘이나 변함없이 한잔을 당긴다. 내일은 변하자. 제발.

12

헌법 위에 방법

법!

한자로 法은 물 水와 갈 去로 이루어졌다.

물 흐르듯이 자연스러운 것이 법이다.

물과 관련된 법률이 여러 가지다.

물이 생명의 근본이기 때문이다.

하천은 천하 생명의 근본이다.

물환경보전법, 수도법, 하수도법, 하천법, 소하천정비법, 공유수면 관리 및 매립에 관한 법률, 댐건설 및 주변지역지원 등에 관한 법률, 팔당 상수원 수질보전 특별대책 지정 및 특별종합대책, 상수원관리 규칙 등.

물이 소중하므로, 생명의 근본이므로 중첩규제가 심하다.

없는 것을 새로 만들어 내고 생각해 내는 것이 창조다.

그러나 있는 것을 자세하게 살펴서 찾아내는 것도 창조다.

그래서 눈이 아프도록 법을 읽는다. 길을 찾기 위해서다.

사업을 추진하는 절차는 먼저 정책안을 입안한다. 계획을 세우고 내부 의사 결정을 마치고 확정한다. 필요한 법적 절차를 진행하고 예산을 확보한다. 청학천을 소하천 정비 사업으로 추진하려면 사업 타당성 및 기본설계 용역을 한 후에, 고시 공람과 의견을 수렴하고 사업 범위와 대상지를 확정하여 도시계획 결정을 하여야 한다. 토지를 수용하려면 사업 고시 이후에나 가능하다. 준비와 추진 절차에 2~3년은 소요된다. 그러나 협의 매수를 하면 손실보상과 같은 효과를 얻으면서도 사업 기간은 단축할 수 있다.

청학천 사업이 속도를 낼 수 있었던 것은, 헌법 위에 방법이라는 확신이 있었기에 가능했다. 헌법 위에 방법! 세상의 공무원 중에 대부분은 이런 발상으로 일을 하다가는 폭삭 망한다고 생각조차 못 할 것이다.

헌법 위에 방법! 적극 행정 어록이다.

13 ———

하천은 정원이다! 선언 및 시민 참여 서약

　하천 정원이 성공하려면 시민들의 협조와 인식의 전환이 필요했다. 시민단체, 환경단체는 그동안 관행으로 행해지던 하천 불법 음식 영업행위를 근절하여 쾌적한 하천 정원을 만든다는 '하천 정원화 사업'에 박수를 보냈다.

　특히, 청학천, 원팔현천, 팔현천, 묘적사천, 구운천의 하천 영업행위를 근절하고 리조트에 버금가는 힐링 공간인 '하천 정원'으로 조성하자는 계획에 기관–단체에서도 적극 참여하기로 하였다. 기관–단체에서는 청소 구간을 나누어 보여주기가 아닌 1년 내내 맑고 깨끗한 하천을 만들겠다고 다짐하였다.

　드디어 2019년 3월 27일 오후 2시 남양주시청 다산홀에서 남양주시민들이 모였다. 16개 읍면동 56개 단체와 회원 500여 명의 시민들은 '하천은 정원이다'를 선언하고, 하천 정원 가꾸기를 천명하고 나섰다. 임도영 남양주청년회의소 회장은 '우리 남양주시민과 기관·단체 일동은 깨끗한 하천을 만들어 남양주가 하천 정원 거점도시가 되는데 적극 참여할 것'이라며 세부 실천 계획을 결의하였다.

세부 실천 계획은 하천은 천하 생명의 근본임으로 깨끗하게 보전해 자손 만대에 이르게 한다며,

· 내 집 앞 우리 마을의 하천은 스스로 청소한다.

· 1년 내내 깨끗한 하천이 유지되도록 청소한다.

· 하천에서 음식영업, 경작, 공작물 설치, 형질변경, 불법 채취행위를 하지 않는다.

· 오물·쓰레기 투척, 가축방목·사육, 야영, 취사 등 수질 오염행위를 하천에서 하지 않는다.

등으로 이루어졌다.

남양주의 소중한 자산인 하천을 70만 시민의 정원으로 제공해 행복지수를 높여야 하며, 하천 정원화 사업은 이벤트성이 아니라 연중무휴 진행하고 깨끗한 하천 공간이 시민의 휴식·문화공간으로 기능하도록 우리 모두 함께 노력하자는데 시와 시민이 결의를 새롭게 하였다.

14

철거 들어갑니다

봄의 강물은 푸르른 청색으로 진해진다. 계곡물은 얼음이 풀려서 자유
롭게 졸졸 소리 낸다. 강가 버드나무는 물을 머금고 버들강아지 꼬리 친
다.

수락산 청학천에서 좌담회를 했다. 다음 주부터 하천 내 장애물 철거
한다고 했다. 수십 년 계곡 영업을 그만두라고 하니 힘들겠지만, 그래도
이해해 주고 따라 주니 고맙다. 돈 될 만한 물건들은 자진해서 거두라고
했다. 50여 상인 분이 나의 입만 바라본다.

봄의 강물은 봄이기에 푸르다지만
제 마음과 여러분의 마음은 왜 퍼레집니까
이제 떠나야 하고 접어야 하는 계곡 영업,
치열했던 삶의 현장.
누구는 이북에서 나와 쌀 한 가마니 1년 새경 받아 일궜던 터전이고

누구는 서른넷에 아들 둘 둔 청상과부 되어 억척같이 살았던 세월이었고

누구는 수천만 원 권리금 주고 1년도 안 됐는데 날리게 되었고

사연도 제각각 구슬프기만 하다. 그래도 그래도 이제는 변해야 한다.

이제는 이제는 끊어야 한다. 아프고 멍들어도 우리가 끊어야 미래가 깨끗하다.

우리의 가슴이 푸르게 멍드는 건, 봄날 강물이 푸르게 변하는 건, 따뜻한 미래를 열기 위함이다. 희망은 푸르른 멍을 먹고 자라나기 때문이다.

감사하고 감사합니다. 뒤돌아서는 하늘 위에는 미세먼지로 뿌옇다.

그 너머로 푸르른 창공이 있다는 걸 우리는 안다.

상인 개개인을 찾아가 설명하고, 마을회관에 모여서 토론하고, 마을 입구며 골목마다 불법 철거와 '위법행위 행정대집행 실시 현수막'을 게시하고 안내문을 나누어 주는 등 설득하느라 몇 개월을 보낸 결과였다. 드디어 철거를 시작한다.

15

창조적 파괴, 청학을 울리다

2019년 3월 18일 드디어 청학 계곡의 하천에 불법으로 만들어 설치한 물의 흐름에 지장을 주는 시설물 철거를 시작하였다. 지역의 케이블방송, TV 방송사, 여러 언론사 기자가 취재를 왔다. 인터뷰 요청도 들어왔다.

1972년 그린벨트로 지정되고 숱하게 철거했었다. 하지만 일주일만 지나면 다시 불법이 반복되던 곳이었다. 철거하는 철거반원에게 톱, 도끼, 낫을 휘둘러 중상을 입히는 사건도 있었다. 단속하는 청경들과 공무원이 상인들과 결탁이 되어 있어 불법이 근절되지 않는다고 다른 시군과 교차로 행정대집행을 하기도 했었다. 고양시에서 남양주시, 남양주시는 시흥시, 시흥시는 고양시의 불법을 철거하는 방법이었다. 불법이 살아나기는 마찬가지였다. 이번에는 그때와는 다르다. 완전하게 철거하고 재발이 되지 않도록 한다. 철거에 동의했더라도 막상 철거가 시작되면 흥분한 군중심리로 어떤 일이 벌어질지 모르는 상황이다. 만약의 불상사를 위하여 준비했다. 동료들과 역할 시나리오를 짰다. 철거반원, 동료가 폭행당하거나 위협을 받으면 119, 112 신고는 누가 하고, 사진 촬영 등 증거 확보는 누가 하고, 현장 대응은 어떻게 하자는 행동 지침을 만들어 연습까지 했다.

하천으로 굴착기, 철거 인부들이 들어가자 사람들이 몰려들었다. 상인들, 기자들, 지역 정치인도 왔다. 따따따 따따따 시멘트 좌판과 물막이의 창조적 파괴의 울림이 수락산을 울렸다.

지켜보던 아주머니도 눈물을 흘리며 지난 세월을 토로했다. 옆 사람을 부여잡고 통곡의 하천이 되었다.

"내가 여기 들어온 그때는, 내가 스물둘인가 세 살이었지. 대여섯 집이 전부였지. 누구나 먼저 자리 잡으면 임자였지. 그렇게 살아온 지 어느덧 60년이야, 이렇게 허무할 수가, 흑흑 엉엉, 너무 너무하네요." "탕탕탕 따다닥! 탕탕탕 따다닥! 하천에 설치된 콘크리트 깨는 굴착기 소리는 내 마음을 콕콕 찍는 것만 같아요. 엉엉, 에휴 에휴". 카메라 셔터가 터지고 방송사 카메라가 바쁘게 돌아갔다.

그저 그저 감사할 뿐입니다. 얼굴을 돌려 눈물을 감추었다.

오늘의 아픔이, 지금의 서러움이, 아~~~ 그래. 그랬어라고, 맞아요. 그랬어요.

그저 그저 고마울 뿐입니다. 창조적 파괴는 눈물로 얼룩지면서 시작되었다.

16

아파도 뜯어내야 새살이 돋는다

- 청학천 철거 2일 차

50~60년을 살아온 터전이 하루아침에 헐리는 것이 아프지요.

그래도 이제는 바뀌어야 합니다. 시대가 변했습니다. 우리의 의식도 변해야 합니다.

하천 정원은 함께 가꾸는 겁니다. 정원과 공원은 약간의 차이가 있지요. 정원은 관리하는 것이고, 공원은 정부가 지정하는 겁니다. 정원은 개인과 정부가 관리합니다. 공원은 대부분 정부가 관리합니다. 하천 정원은 그냥 만들어지지 않습니다. 하천에 평상, 좌대, 구조물 설치하지 말고, 쓰레기 버리지 말고, 오·폐수 흘리지 말고, 시민과 시청이 함께 노력해야 합니다.

아픔이 있는 만큼, 상처가 있는 만큼, 치유의 기쁨은 큽니다.

먼 훗날 뒤돌아 여기에 섰을 때, '아~~ 그랬었지.' 할 겁니다. 지나가면 추억입니다. 그래서 삶이란 견디는 것이라 하더군요. 기쁘면 기쁨을 느끼며, 아프면 아픔을 품으며, 함께 꿋꿋하게 견디면 됩니다.

철거 현장을 생방송 하듯이 페북에 올려서 시민들과 소통했다. '좋아
요'로 응원하고 격려하였다.

　조광한 시장이 현장을 나왔다. 상인들을 만나 위로하고 철거반원을 만
나 격려했다. 그동안 주민설명회에 시장을 모시지 않았다. 혹시 모를 봉
변당할까 보호해 주기 위해서였다[9]. 그러나 욕을 먹으면서도 현장에서
직접 지휘하는 모습을 보여주었으면 하는 아쉬움이 남는다. 공무원과 정
치인의 차이다. 필자에게 정무적 감각이 있었다면 마을회관을 순회하며
토론회를 하면서 거칠고 뜨거웠던 현장에 조 시장을 초청하는 연출을 했
을 것이다. 공정과 정의를 앞세우면서. 아쉽다.

9) 계곡 상인들의 반발이 심하여 어떤 수모를 겪을지 몰라서 필자가 시장을 간담회에 모시지 못함

17

자연미인 청학천

하천 철거가 이슈다. TV 방송사와 인터뷰했는데 방송되었다. 얼굴이 나왔다. 인터뷰는 길게 했는데 잠깐 몇 초 나오고 지나갔다. 너무 긴장해서 얼굴이 뺏뺏하게 굳었다.

청학천 철거 3일째다. 콘크리트를 걷어내자 자연석이 보인다. 수십 년을 석축과 콘크리트로 덕지덕지 눌려있었던 얼굴이다. 자연석이 반질반질한 얼굴을 내밀고 있다. 하천의 방해물만을 걷어냈을 뿐이다. 건물들을 철거하면 더 멋진 모습을 볼 수 있을 거다.

"드러나는 청학천의 실체 기대됩니다. 수락산 계곡의 불법 건축물을 철거하여 하천 정원을 만들어 시민의 품으로 돌려드립니다." 방송에 나오는 목소리는 내 목소리가 아닌 것 같다.

철거하기 전

철거 후

돈을 벌면서 철거한다

하천 정원을 조성하려면 돈(예산)이 있어야 한다. 시청의 예산은 빈약하기만 하다. 돈을 벌어서 충당하기로 했다. 방법은 도비, 국비를 확보하는 것이다. 청학천은 그린벨트다. 인근 진접의 택지개발사업 지구도 그린벨트다. 택지조성으로 훼손되는 그린벨트 면적의 20% 이내로 훼손된 지역을 복구하거나 복구할 수 있는 비용을 납부하여야 한다. 그린벨트 훼손지정비사업 대상지로 결정되면 사업비용에 보탤 수 있다. 사업자인 LH에서 결정해야 한다.

시청 관련 부서와 사전 협의를 했다. 이미 다른 곳으로 지정이 되었다고 했다. 진수ㅇ 팀장이 반강제로 설득해서 대상지를 청학천으로 변경하기로 하였다. 별내동 LH 사업단으로 공문을 보냈다. 결과는 불가하다는 회신이었다. LH 실무진이 청학천 현장을 나가보니 불법이 어마어마하여 도저히 철거할 수 없다고 검토 보고를 했다는 것이다.

LH 본사의 결정을 받아내야 했다. 아침 일찍 진주로 출발했다. 정책

세일즈에 나섰다. 청하천 사업에 대한 명확한 의지를 설명했다. 시장의 하천 정원사업 공약을 설명하고, 내부 추진계획도 보여주었다. LH에서 철거하여 훼손지 사업을 하는 것이 아니라 돈을 주면 남양주시가 하겠다고 했다. LH 보고 철거해 달라는 것이 아니라는 오해를 풀고 사업의 필요성에 대하여 서로 공감하였다. 편도 340km, 왕복 680km의 먼 길을 달렸다.

LH 본사에서 현장을 확인하고 중앙도시계획위원회에서 적합한 사업이라는 승인을 받아 약 180억 원의 사업비를 확보할 수 있었다. 그린벨트 훼손지정비사업 대상지가 없으면 복구 비용을 정부에 납부한 후 주민지원사업으로 배분된다. 남양주에서 택지개발에 따른 훼손지복구비용이 납부되면 그 비용이 남양주로 전액 오지 않는다. 전국의 그린벨트로 배분된다. 진접택지에서 발생한 훼손지복구비용 200억 원을 남양주로 통으로 투자할 수 있다. 이런 것이 적극 행정이다.

19

철거라는 눈금만 있는 주사위

로마 공화정 말기!

원정군 총사령관 시저(카이사르)는 '루비콘강'을 건너기 전에 고심한다. 무장을 하고 건널 것인가, 무장을 해제하고 건널 것인가. 무장하고 건너면 반역을 뜻하는 것이니까. 머뭇거릴 때 누군가 '전진하면서' 강으로 질주한다. 이에 시저도 명령을 내린다. 루비콘강을 건너 로마공화정 보수파를 제거하고 개혁을 단행한다. 로마공화정은 막을 내리고 로마제국이 열렸다.

낮에는 청학천 철거를 진행하면서 일과 후에는 오남읍 팔현천, 원팔현천으로 갔다. 오후 6시 30분, 팔현2리 마을회관에는 70여 명 영업주와 건물주, 주민들이 모였다. '하천에서 영업을 못 하면 굶어 죽는다. 일자리가 없어져 현 정부의 정책에도 맞지 않는다. 10가지 중 7을 양보하면 3은 달라고 한다. 대안! 대안! 대안이 무엇이냐?'이냐고 거세게 항의 섞인 건의를 한다.

나는 대안은 하천의 불법을 회복하는 것이라 했다. 공무원이 매년 여름 주민을 고발하고 주민은 수백만 원 벌금 내고 반복되는 아수라장의 현장! 이제는 끊어야 한다고 했다. 후손들에게 물려 줄 깨끗한 하천을 만들자고 했다. 청학천 철거에 이어 팔현천, 원팔현천도 철거에 들어간다고 말했다. 행정대집행이 아닌, 강제 철거가 아닌, 자진해서 철거가 이루어지도록 끝까지 협조하여 달라고 호소하였다. 주사위는 던져졌다. 1이 나와도 철거, 2가 나와도 철거뿐이다. 철거라는 표시만 있는 주사위다. '자진해서 철거하느냐, 강제로 철거할 것인가는 여러분이 결정하면 됩니다.'라며 회의를 마친다.

20

끊임없는 설득과 협의, 팔현천 전 업소 동의

은항아리 계곡! 오남읍 팔현2리 계곡이다. 팔현천이라 한다. 천마산에서 흘러내리는 계곡을 따라 경치가 좋다. 수십 년 전부터 하천에 평상을 깔고 음식점을 했다. 16개 업소가 콘크리트로 좌대 만들고 파이프로 고정하고, 물막이, 다리를 놓고 영업했다.

철거를 시작했다. 지난해부터 밀고 당기는 끊임없는 설득과 협의로 전업소가 동의했다.

개인 개인을 만나서 이야기할 때는 알았다고 하면서도 마을회관에 단체로 모이면 분위기가 달랐다. 혹시 몰라서 철거 첫날은 경기도 북부경찰청에서 버스 1대의 경찰을 지원받았고 응급구호 차량도 배치했다. 호소하고 또 호소했던 덕분인지 별사건 사고 없이 진행되었다.

진행 현장에서 페북에 아래와 같이 호소하였다.

"이제는 의식이 바뀌어야 합니다. 건물주, 토지주 여러분이 각성해야 합니다. 하천 옆에 건물과 토지가 있다고 무허가로 하천 영업 임대주면서 수천만 원의 보증금과 수백만 원 월세(건물주), 억 원대 권리금(임대인끼리)을 주고받는 고리가 단절되어야 합니다. 제대로 된 시설을 만들어서 세를 놓으셔야 합니다. 여름이면 주차, 교통, 자릿세, 바가지요금, 경쟁심리에 따른 민원으로 공무원이 시민을 고발하면, 수백만 원 벌금 내고, 수천만 원 벌면 남는 장사라는 반복되었던 행위들이 청산되어야 할 적폐입니다. 은항아리 계곡! 철거하는 굴착기의 기계음이 계곡물에 씻겨갑니다. 구룡 나무의 꽃잎이 날리고, 피나물이 밝게 웃네요. 2019년 4월의 봄은 얼굴 껍질[10]을 벗깁니다."

밭에는 이미 농작물을 심어서 하천으로 철거 장비가 진입하기가 매우 어려웠다. 개인 사유지로의 진입이 어려워 계곡과 하천으로 장비가 다녀야 했기에 하루 철거하고 굴착기 기사가 짐을 싸서 내일은 안 온다고 가버렸다. 돈을 더 준다 해도 소용없었다.

---

10) 봄볕에 그을려서 얼굴 피부가 몇 번이나 벗겨졌다.

21

은항아리 철거, 적당히 흉내만 내쇼! 천만에요

은항아리 계곡이라 불리는 팔현 소하천 유수 장애물 철거를 2일 동안 진행했다. 장비 동원과 철거인력의 수급에 변수가 발생하였다. 철거에 너무 힘이 든다고 굴착기 기사가 가버렸다. 밭에는 농작물이 자라고 있어서 하천으로 이동하여야 하기에 힘이 배로 들고 장비가 고장이 잦기 때문이다.

'30년 동안 내버려 두다가 왜 갑자기 하는 거요?' '적당히 철거 흉내만 내고 가쇼!'

'우리가 있어 하천 쓰레기 청소했는데 이제 누가 하겠소.' '누구네 하천에 있는 것부터 철거하고 오쇼!' '하천 계획선이 왜 여기란 말이오?' '경제를 살리자고 하는데 죽이러 철거하오.'

입에서 막 뱉어내는 육두문자를 순화해서 쓰자니 속이 울렁거린다. 평생 먹을 욕을 다 먹었다는 직원들이다. '욕먹으면 오래 산다고 했으니 오

래 살자'며 위안답지 않은 위안을 해 본다. 실랑이를 끝내기 위해 '직원에게 벼락 호통을 치며[11]' 상대보다 더 심한 소리를 치는 고육지책도 한다.

페이스북에 재차 호소한다.

"적당하게 흉내만 내지 않습니다. 올해부터 하천에서의 음식 영업 안 됩니다. 철거 후 재발 방지를 위해서 용역사를 운영합니다. 전담 임기제 공무원도 2명 배치합니다. 이제는 변해야 합니다. 곪은 상처의 고름은 한 번에 쥐어짜야 합니다. 찔끔찔끔 짜봐야 아프기만 하고 치료도 안 됩니다. 아프겠지요. 짜는 사람도 마음이 아픕니다. 맑은 하천을 만들기 위해서는 불법 음식점, 콘크리트 시설물, 물막이 등등 모두 제거되어야 합니다. '개같이 벌어서 정승 같이 쓰라.'라는 속담도 변해야 합니다. 정승

---

11) 철거에는 동의했지만 막상 철거하려고 하면 막아서는 사람이 있어서 동의받은 거 맞느냐고 직원에게 큰소리치면 슬그머니 뒤로 물러서고, 야단친 직원을 따로 불러서 위로해 주었다.

같이 벌어서 정승처럼 쓰라고요."

3일째 팔현천 은항아리 계곡을 철거한다. 왜 은항아리일까? 항아리처럼 움푹 파인 바위가 있다. 임진왜란 때 피란 가면서 은을 숨겨놓고 갔다고 해서 은항아리라는 전설이 전한다. 덕지덕지 콘크리트로 좌판을 만들어 놓아 번쩍이는 시멘트가 은빛처럼 보이기도 하겠다. 불법으로 설치한 철제 다리를 철거한다.

구조물을 들어내는 일이 장비 없이는 어렵다. 덤프트럭 하루 쓰는데 60만 원, 굴착기 하루 쓰는데 60만 원, 철거 인부 18만 원, 용접기 들고 다니면서 파이프 자르면 2만 원 추가로 준다. 크레인 하루 쓰는데 200만 원, 폐기물처리비 t당 30만 원, 철거 비용이 하루에도 천만 원 이상이 될 수도 있다.

팔현천 은항아리에 낀 때를 벗겨내고 있다. 3킬로가 넘는 구간을 구석구석 깨고, 들어내고, 잘라내자니 많은 시간이 걸린다. 5월의 날씨는 봄을 지나 여름으로 간다. 계곡도 후끈 달아오른다. 비둘기 노래가 포클레인에 묻힌다. 욕을 먹어도 새싹은 돈는다. 꽃은 핀다. 그래서 견딜 수 있다.

22 ——

소송의 달인도 두 손 들었다

　원팔현천은 천마산에서 오남읍 팔현1리로 흘러와 오남 호수공원에서 팔현천과 합류한다.

　동네 입구 하천에 설치되어 있던 불법 시설물을 철거하니 마을이 훤하다. 자동화 평상시설을 철거했다. 스위치를 누르면 평상이 하천 바닥으로 스르륵 깔린다. 이런 시설물이 수년 동안 존치했다니 놀랍다. 2억 원이 넘는 시설이다.

　자동화시설 소유주는 소송의 달인이다. 이행강제금을 부과하고 불법영업을 고발하면 '이행강제금 부과 처분 금지' 소송으로 맞서 왔다. 소송 대응하느라 2~3년이 지난다고 한다. 공무원들이 혀를 두른다. 골치 아픈 것을 철거하니 속이 후련하다. 지나던 행인도 박수를 보낸다.

　소송의 달인도 어쩔 수 없는 방법이 있었다. 행정대집행의 예외 규정을 적용하면 될 일이다. 하천법에는 행정대집행 특례조항이 있다. 즉, 하천의 흐름을 방해하는 시설물은 행정절차법에 따른 절차를 생략하고도 집행이 가능하다는 규정이다. 소하천 법에는 행정대집행 특례조항이 없다. 하천법을 준용하여 집행하였기에 소송을 제기해 봐야 소용이 없다는 것을 사전에 알려주었다.

좌담회에서 하천 청소했다고 주장하던 영업주들! 그러나 하천에는 천막, 파이프, 각종 쓰레기가 버려져 있다. 여름철 음식을 팔기 위해 청소를 하기 위해 보이는 곳만 청소한 것이다. 버려진 쓰레기와 오염 물질이 더 많다. (마을 거주민이 말씀하셨다. 닭 뼈, 개 뼈 하천에 막 버렸다고 한다). 아무리 불법을 철거하더라도 행위자와 마찰을 피하려고 심기를 건드리지 않으려 조심한다. 혹시 모를 욱하는 불상사를 막기 위한 안전 조치다.

그런데 해도 너무한다. 방귀 뀐 놈이 큰소리 낸다고 했다. 욕을 해도 너무 한다. 작업을 위해 사유지로의 진입을 허용하지 않아서 계획보다 늦어진다. 하천 계곡으로만 장비 진입이 어려워 인부들이 도망간다. 매일매일 새로운 작업자를 구해야 한다. 깨끗한 하천으로 만드는 일은 모두가 노력해야 한다. 하천을 정원처럼 가꾸는 일은 정성이 필요하다. 하천 불법 시설물 철거, 하천 정비, 연중 지속적인 청소를 해야 한다. 하천 정원을 만들기 위해 오늘도 간다.

월문천의 눈물과 끝이 보이는 하천 철거

시작이 반이라 했던가! 하천의 음식 영업을 위해 설치한 물막이, 콘크리트 좌대, 철주 천막, 평상 등 철거가 반환점을 돌았다. 3월[12] 말부터 청학천을 시작으로 원팔현천, 팔현천을 끝내고, 월문천(묘적사)까지 끝냈다. 하천 음식점 밀집 지역 4개 하천 83개소 중에 3개 하천 49개를 철거했다.

월문천! 일명 묘적사천이라 한다. 원효대사가 창건하였다는 묘적사! 왕의 비밀 요원을 양성하던 곳이라 한다. 오늘은 목탁 소리, 염불 소리보다 굴착기가 콘크리트 깨는 소리가 골짜기를 울린다.

(풍경1)
연신 담배를 물어대는 연세 지긋한 그녀.
부수는 인부에게 시원한 음료를 건넨다.

---

12) 2019년 3월

눈물은 내려오고 연기는 올라간다.

(풍경2)

　요양원에 입원한 언니의 음식점을 관리한단다. 전화기를 들고 상황을
알려주고 있다.

　"언니, 지금 다리를 철거하고 개울로 내려가는 계단도 들어내고 있어,
난리야 난리!" 상황을 중계하고 있다.

　"과장님 울 언니가 요양원에서 나오면 장사한대요. 어쩜 좋아요."

(풍경 3, 풍경 4)

　오늘도 한잔 마셔야 했다.

　술의 쓴맛을 조금을 알 것 같다.

　하천에 설치된 불법 시설물 철거가 마무리되고 있다.

구운천은 남양주에서 두 번째로 길다. 왕숙천이 40여km, 구운천은 20여 km다. 동쪽으로는 구운천이요. 서쪽으로는 왕숙천이다. 서리산에서 발원하여 청룡천, 방동천, 수산천, 외방천, 지둔천, 불당골천, 선돌천, 군안천, 가곡천, 소래비천, 안구운천을 받아들이면서 북한강으로 만난다. '굴운천'이라고도 불렸는데 어떻게 "구운천"으로 변경되었는지 확인이 필요하다.

옛날에는 오지라서 남양주 공무원이 수동면으로 발령받으면 하숙했다. 교통이 불편해서 출퇴근이 어렵던 시절이다. 총각 신임 면서기가 수동면으로 오면 마을의 유력한 이장님께서 하숙을 제안하셨다. 하숙을 주려면 방도 있어야 하고 식사까지 준비하려면 살림이 풍족해야 가능했을 터이다. 그런데 하숙을 주고 얼마 지나면 이장님 사위가 되었다. 지금도 전설처럼 내려오는 실화다.

7월 첫 일에 구운천 철거를 시작했다. 33개 업소에서 설치한 시설물을 철거한다.

이제 끝이 보인다. 끝까지 마무리를 잘하자. 원추리는 해맑게 피었다. 근심을 없애준다고. 망우초라고도 한다. 매일매일 새로운 꽃을 피운다고 '일신우일신'의 꽃이라고 한다. 꽃말이 '기다리는 마음'이다. 꽃봉오리가 남자 어린이 성기를 닮았다. 옛 여인들이 숙소 마당에 심으면 아들을 낳

는다고 하였다. 옛날에 대를 이으려고 아들을 낳으면 근심이 사라졌다.
망우초.

　하천의 불법이 없어져서 깨끗해져서 근심을 사라지게 하는 망우초가
되기를 바란다.
　수동 구운천에 해맑게 피어 매일매일 새로운 구운천이 되기를.

24

잠 못 드는 너래 바우, 모꼬지로

우지끈 꽈당~~~

이른 아침부터 부서지는 굉음이 계곡을 울린다.

바위가 넓어서 '너래 바우'라고 부른다.

물새가 놀고, 왕잠자리 우화하고, 다슬기 기어 다니고, 갈겨니들 수영하고, 비릿한 밤꽃 냄새, 물비린내, 고라니 사체 썩은 내. 자연이 살아있는 계곡이다.

'할아버지 때부터 해오던 영업인데, 정리하기로 하니까 마음이 개운합니다. 지난 11월부터 잠을 제대로 못 잤어요. 공무원들과 그동안 싸우기도 많이 싸우면서 지켜왔는데요. 이제는 시원합니다.'

'네 그러시죠, 저도 잠을 못 잤습니다.'

충혈된 눈으로 서로를 바라보았다. 7월의 햇살은 숲을 더욱 푸르게 계곡은 더욱 맑게 비추었다. 이제 거의 끝나간다. 끝까지 힘을 내자.

모꼬지? 모꼬지로17번길? 잔치나 즐거운 일로 여러 사람이 모이는 것이 '모꼬지'다. 지난 3월부터 시작한 수락산 청학천, 오남 팔현천 · 원팔현천, 와부 월문천, 수동 구운천의 유수 장애물과 음식 판매 시설물 철거를 끝냈다. 무려 84개 업소. 폐기물만 수천 t이다.

철거를 끝내는 날 비가 내린다. 가평 청평면 대성리와 마주 보고 있는 오가는 길이 '모꼬지로'란다. 철거는 했지만 많은 사람이 모꼬지하기를 바란다. 해코지하려고 철거하지 않았다.

곧 휴가철이다. 쓰레기는 가져가고, 하천으로 모꼬지다. 2019년 7월 11일에 남양주 4대 하천의 철거를 마쳤다. 해냈다. 민선 7기 조광한 시장의 불법을 철거하는 것은 표에 주눅이 들면 안 된다는 신념이 든든하게 힘이 되어 주었고, 필자를 비롯한 생태하천과 동료들의 의지가 해냈다.

25

빗발치는 문의 전화와 하천 철거 사례 공유

남양주의 불법 음식점들이 차지했던 4대 하천 철거가 많은 호응과 반향을 일으키고 있다. 4대 하천 82개소에서 설치했던 1,105개의 시설물을 철거하고, 폐기물 2,260t 처리했다. 크레인 14대, 덤프트럭 22대, 굴착기 54대, 인력 262명을 동원, 공감, 설득을 위한 설명회 16회, 하천 정원 가꾸기에 56개 단체 500명이 참여한 대대적인 하천 불법 철거였다.

2019년 8월 5일 〈경향신문〉에 "50년 만에 돌아온 계곡…'권리를 되찾은 기분'"이라는 제목으로 보도된 이후인, 8월 12일 전후로 경기도와 다른 시군에서 전화가 오기 시작했다. 하천 철거를 어떻게 하였는지 메뉴얼을 알려달라는 내용이었다. 특히, 경기도지사가 실·국장 회의에서 언급하기를 남양주에서 추진한 하천 불법 철거가 공정의 가치에 부합한다. 2019년 12월까지 경기도 전 시·군의 하천 불법을 철거하라고 지시했다는 것이다.

경기도에서 전 시·군의 하천 불법을 철거하겠다고 나섰다. 경기도 행정 제2부지사 주관으로 불법행위 근절방안을 토의하였다. 남양주시의 사례를 박신환 부시장이 발표하였다. 하천·계곡 불법행위 근절을 위한 방법의 전수를 위하여 시·군 부단체장님에게 하나부터 둘까지 자세하게 알려주었다. 남양주시 생태하천과를 직접 방문하여 배워간 시군의 실무진도 많았다.

하천 불법 철거에 있어 남양주시는 다른 지자체의 길이 되었다. 남양주시는 민선 7기 동안의 커다란 전환점을 만들었다. 뗏법에 밀리지 않는, 표에 흔들리지 않고 불법을 처리했다. 표에 주눅 들지 않은 민선시장의 뚝심 있는 쾌거, 이제 길이 되었다. 뗏법을 용납하지 않는 민선 자치제의 의미 있는 행정의 패러다임의 전환이다.

민선시장의 용기 있는 결단이 이룬 쾌거라 오래오래 기억될 것이다.
이제부터 뗏법 밀리지 않은 혁신사례로 전국으로 확산돼야 한다.

하천·계곡 불법 근절
회의자료

이화순 경기도 제2부
지사

박신환 남양주 부시장

'한탄강 물문화관'에서 경기 북부 10개 시·군 부단체장들과의 간담회
가 있었다. 남양주시의 '하천 불법 어떻게 철거했나?' 사례를 공유했다.
철거 꿀팁을 알려주었고, 보완이 필요한 제도적인 사항도 제안했다.

'한탄강'은 '대탄'이었는데 우리말 '한탄'으로 불렸다. 철원, 포천, 연천
을 지나 임진강과 합류 서해로 빠지는 140km의 강이다. 한탄강 줄기에
는 수많은 볼거리가 많은데 그중에는 연천군 재인폭포도 절경이다. 재인
폭포 근처에는 홍수 조절용 댐인 군남댐이 있다. 군남댐 아래에는 물문
화관을 조성해서 한탄강의 역사와 문화를 전시하고 있다.

발표는 재미있게, 신나게, 역동적으로 해야 한다고 생각한다.
하하하, 씨익, 하하하, 씨익! 하천에서 모두가 웃는 그날까지 하하하.

여의도로 '하천 정원'이 갔다. 국회로 진출했다. '여의도'는 용이 가지고 있는 구슬 '여의주'와는 의미가 다르다. 무엇이든지 만들고 이루어지는 용의 구슬 '여의주'는 如意다. '여의도'를 如意로 바꿨으면 한다. 해야 할 일 이루어야 할 일이 너무너무 많기 때문이다.

의원회관에서 지자체 정책 페스티벌 경연대회를 하였다. 남양주 하천 정원화 사업이 참여하여 많은 호응과 격려를 받았다. 힘든 일 해냈다고 놀라워한다.

여의화라는 꽃이 있다. 제비꽃을 여의화라고 한다. 제비꽃이 효자손처럼 구부러졌다. 가려운 데를 시원하게 긁을 수 있다고 하여 여의화라고 한다.

하천을 정원으로 만들어 모두가 시원하길 바란다. 행복하고 운동하고 걷고 힐링되면 좋겠다. 공원은 정부나 지자체에서 조성하고 가꾸는 공간이라면 하천 정원은 시민이 만들고 시민이 가꾸고 누리는 공간이다.

남이 잘 되면 배 아파하는 사람들이 있게 마련이다. '하천 불법 철거를 돈을 퍼 주면서 했다'라는 소문이 돈다. 가짜뉴스다. 남양주도 아닌 다른 시군의 하천 계곡영업주들이 이런 말을 한다. 남양주는 음식 영업 밀집 4개 하천에 설치되어 있던 82개 업소 1,100여 개 시설물, 2,260t의 폐기물을 처리하면서 영업주들에게 불법 시설물 철거에 따른 1원도 주지 않았다. 주었다면 4개 하천 영업주가 가만히 있겠는가? 어디는 주고 누구는 주고 왜 안 주냐고 사단이 나도 벌써 났다.

남양주에서는 아무 말이 없다. 그런데 왜? 다른 시군 하천 철거 현장에서 남양주는 돈을 주고 불법을 철거했다고 할까요? 남양주는 4개 하천을 철거하면서 청학천은 소하천정비 사업을 한다. 하천 기본법에 따른 정비 사업이다. 또한 하천 주변의 주택과 토지를 수용하여 훼손된 그린벨트를 복구한다. 수용되는 토지와 주택에 대한 공공사업에 따른 협의 보상을 하는 것이다. 불법 시설물 철거 보상이 아니다.

다른 시군 불법을 철거하는 계곡영업주 여러분! 남양주는 불법 시설물 철거를 돈 주고 하지 않았습니다. 사실을 왜곡하고 오해하면 안 됩니다.

26

쏟아지는 찬사와 상장 수상

〈경향신문〉에서는 2019년 8월 5일 1면에 "50년 만에 돌아온 계곡 '권리를 되찾은 기분'"이라는 기사를 실었다. 기자가 직접 수락산 청학천 현장을 찾아서 철거 전과 후를 비교하면서 자세하게 보도하였다. 계곡을 찾은 피서객들의 만족해하는 인터뷰도 실렸다. 인터넷 매체에 링크되면서 큰 반향을 불러왔고, 동아일보에서는 2019년 8월 27일 '밤길 조심 협박 받고도' 하천 불법을 정리하여 시민들에게 돌려주었다는 사설을 게재하였다. '방검복 입고 다녀라.', '밤길 조심해라.', '표 떨어지는 소리 안 들리냐?'는 등의 협박을 받으면서도 굴하지 않고 철거하여 4개 하천 · 계곡에서 82개 업소가 설치한 불법 시설물을 1,105개와 2,260t의 폐기물을 철거했다고 자세하게 언급하였다. 다른 여러 방송과 미디어 매체에서도 찬사를 보냈다.

환경부, 환경연합, SBS에서 주최하는 '물 환경 대상'에 공모전에 '하천 정원'을 응모했다.

물과 환경개선을 위하여 노력한 단체와 개인, 기업에 수여하는 상이다. 1차 서류심사 통과하고 2차 현장실사를 받았다. 수락산 청학천, 팔현천, 구운천, 묘적사계곡의 83개소 업소에서 설치한 1,100여 개 시설물을 철거했는지, 맑은 물이 흐르는 계곡을 시민에게 제공했는지 등 현장 심사를 받았다. 결과는 '제11회 물 환경 대상'이었다. 정책 대상인 반달곰상을 받았다.

또한, 남양주시 적극 행정 및 규제개혁 경진대회에서 '하천 정원화 사업'이 최우수상을 받았다. 생태하천과 동료들에게 영광을 돌린다. 적극행정 최우수 수상으로 힘들었던 철거 순간들을 웃을 수 있다.

하천 정원화 사업은, 1. 하천에서의 불법행위 및 시설물을 철거하고, 2. 주거밀집 지역의 하천에 리조트처럼 꾸미고, 3. 일 년 내내 깨끗하게 관리하여 시민들이 운동, 산책하면서 행복을 가꾸는 사업이다.

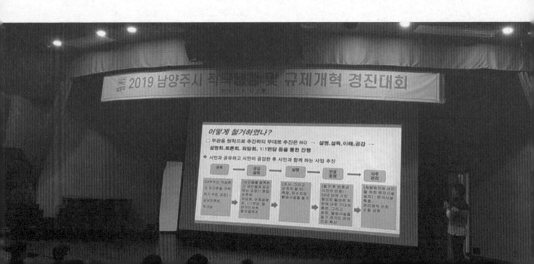

27

길이 없었지만 길을 만들었다

길!

하천 불법 철거!

길이 없었다.

그래서

길을 만들었다.

이제는 길이 되었다.

경기도 전역으로 확대.

그리고

정책이 되었다.

'청정계곡 복원지역 편의시설 생활SOC'사업으로.

길이 된다는 것은

길을 만든다는 것은

기쁜 일이다.

행정이란

누구나 이리저리 편하게

다니는 길을 고치고 또 만드는 것이다.

※ 한탄강에서 보완이 필요한 사항을 경기도에 건의해서 받아들여졌
다.

남양주가 길을 내고, 경기도가 확장시켰다

남양주가 길을 냈다.

경기도가 넓혔다.

전국으로 확대되기를 바란다.

하천의 불법을 없애고

하천에 최소의 시설만으로 리조트처럼 만들고

하천을 연중 깨끗하게 청소하여

'하천정원'을 만들어 시민들에게 돌려주는 것이다.

윗물이 맑아야 아랫물이 맑다.

계곡 불법 철거는 윗물을 맑게 하였다.

2019년 환경부, 환경운동연합, SBS가 주최한 '제11회 물 환경 대상' 경

책 경영 부문을 수상한 이유다.

하천 정원화는

경기도 '청정계곡 생활SOC사업'으로 정책화되었다.

사실을 말해주는 언론이 있어 보람을 느낀다.

〈경향신문〉에서는 2019년 12월 11일 "남양주시에서 시작된 계곡 불법시설 철거가 도내 10곳 중 7곳으로 확산"이라고 보도하였다. 남양주시가 경기도 내에서 처음으로 계곡 주변 불법 영업시설물을 철거한 뒤 약 50년 만에 이 계곡을 시민들에게 돌려주었다고 하였다. 남양주시에서 시작된 하천·계곡 주변 불법 영업시설물 철거가 경기도 전역으로 확산됐으며 도내 하천과 계곡이 속속 시민들의 품으로 돌아오고 있다고 했다. 또한 남양주시가 청학리 계곡 주변 영업시설을 철거하고 50만에 개방한 것에 시민들의 호응이 크자 경기도는 즉각적으로 실국장 회의를 열어 도내 전 지역으로 확대했다고 소개했다.

Part 5

길 위의 하천,
번뇌의 정원

세상 어디에나 강과 하천은 있다
사람이 있으면 번뇌가 있다

맥주는 목구멍으로 먹고,

와인과 위스키는 혀로 마시고, 소주는 가슴으로 마시고

막걸리는 술이 아니라 음식이라서 섞어먹는다.

무조건 웃기, 일부로 웃기, 웃기는 아는 내용도 또 웃기.

발상의 전환으로 웃기, 동심으로 웃기.

웃어야 산다.

뢰머 광장 정의의 여신상

한 손에는 저울을, 또 다른 손에는 칼을 들었다.

저울은 개인 간의 권리관계를, 칼은 사회 질서를 공정하고 공평하게 바

로잡는 도구다.

두 눈은 감거나 가리는 것은 편견에 치우치지 않으려는 것.

금곡천 '나와유 부침개'

남양주시 진접읍에는 금곡천이 있다.

전국적으로 '금곡'이라는 지명은 많다.

'금'을 캐던 금광이 있었던 곳이고

'철, 쇠'를 캐던 철광이 있었던 곳이 유력하다.

금을 캐고 쇠를 캐던 곳에는 사람이 모였다

강아지도 만 원짜리를 입에 물고 다닐 정도로 경제가 좋았다.

사람이 모이면 먹을거리가 있어야 한다.

금곡천에 '나와유 부침개' 축제가 있다.

너도나도 각자 들고나온 재료로 다양한 부침개의 맛을 나눈다.

하천이란 나눔이다.

쌀쌀한 가을날에 따스한 부침개 조각

그리고 한잔.

경기 정명 천년을 기념하는 축제에도 초대받았다고 한다.

02 ——

주산천 주산지

농업용수로 조성된 주산지

저수지 안에 자라는 버드나무가 유명하다.

남양주의 양자도 버드나무(楊)다.

남양주에도 농업용수로 쓰고자 한 오남저수지가 있다.

천마산에서 시작한 팔현천, 원팔현천의 물이 모여 오남저수지로 고였

다.

둘레길, 분수대 만들어 걷기 좋다.

주산천을 따라 포항까지 왔다. 강과 하천은 바다로 가니까.

주산천에서 남양주를 보았다.

독일 프랑크푸르트[13] 암 마인

프랑크푸르트 암 마인은 독일의 경제, 문화, 정치, 교통, 금융의 중심 도시이다. 마인강이 흐르고 있다. 폴란드 국경 지역에도 오데르강이 흐르는 프랑크푸르트가 있다. 그러나 프랑크푸르트라고 하면 프랑크푸르트 암 마인을 칭하는 것이라 한다.

'푸르트'라는 말이 독일어로 여울, 강변이라는 뜻이란다. 마인강의 물빛은 혼탁하다. 맑지 않다. 그러나 냄새는 나지 않는다. 축구인 차범근 씨가 선수로 뛰어 전설로 남은 곳이다. 프랑크푸르트 시청사 2층 발코니에서 동양인 최초로 손을 흔들었다고 한다.

뢰머 광장 정의의 여신상 어깨에 어둠이 내리고 있다. 한 손에는 저울을, 또 다른 손에는 칼을 들었다. 저울은 개인 간의 권리 관계를, 칼은 사회 질서를 공정하고 공평하게 바로잡는 도구다. 두 눈은 감거나 가리는

---

13) 푸르트, 독일어 '여울, 강변'을 뜻한다고 함

것은 편견에 치우치지 않으려는 것이다. 주로 관공서, 법원 등 공공기관 앞에 설치되어 있다.

요즈음 우리나라에 정의의 여신상이 있다면 칼로 심판해야 할 사건이 너무나 많으리라.

하천은 정원이다

04 ——

독일 밤베르크, 뉘른베르크[14]

밤베르크는 프랑크푸르트에서 버스로 3시간을 달려서 도착했다. 인구 7만의 도시다.

중세도시의 모습을 간직하고 있다. 레그니츠강이 흐른다. 마인강의 상류다. 밤베르크 시가지에는 간판이 없고, 지상에 전선이 없다. 또한 건널목에는 우리나라 같은 흰색 사선이 없다. 밤베르크에서 버스로 1시간 이동하면 뉘른베르크다. 인구 60만 명의 대도시다.

뉘른베르크는 복원도시다. 제2차 세계대전 때 파괴된 도시를 복원했다. 시가지에 사람이 붐비는 관광 도시다. 페그니츠강이 흐른다. 레그니츠강의 상류다. 독일 민족주의 성지가 뉘른베르크다. 독일의 주택은 우리나라처럼 고층 아파트가 없다. 외부는 옛 건물 구조를 유지하고 내부는 현대식으로 리모델링하였다. 목조 뼈대를 유지한 건물이 많다.

2019년 트렌드는 '뉴트로'가 될 것이라고 서울대 김난도 교수가 발표했

---

14) 마인강의 상류 레그니츠강, 페크니츠강에 가다.

다. 무조건적인 복원이 아니라 중·장년층에게는 추억과 향수를, 젊은 층에는 새로운 재미를 주는 복원이 '뉴트로'란다. 독일 밤베르크와 뉘른베르크의 중세 분위기로의 복원은 관광객을 불러 모으고 있다. 특히 하천의 수량을 일정하게 유지하여 강물에 유람선을 띄우고 있다. 북한강 조안 물의 정원에서 '생태탐방선'을 운영하면 어떨까? 레그니츠강과 페그니츠강을 바라보며 '한강의 뉴트로'를 꿈꿔 본다.

05 ———

프랑스 스트라스부르크[15]

스트라스부르크는 프랑스 알자스의 주도이다. 론강, 마른강, 라인강이 흐른다. 강과 운하, 수로의 도시라 했다. 수로를 따라 교통과 수송이 발달했다. 1871~1918년, 1940년 독일의 지배를 받았다. 지금은 프랑스 땅이다. 그래서 독일과 프랑스의 문화가 공존한다. 유럽의회가 있는 유럽의 평화와 안정을 상징하는 정치적인 도시다. 1871년 알퐁스 도데의 『마지막 수업』 배경이다.

독일(프로이센)에게 알자스와 로렌을 빼앗겼다. 공부보다는 들로 산으로 쏘다니기 좋아하던 '소년 프란츠'는 프랑스어를 사용할 수 없다는 마지막 수업에 후회한다. 모국어를 빼앗기는 슬픔과 고통을 표현하여 프랑스 국민의 애국심을 불러일으켰다.

높이 140미터, 400년 동안 건축한 건물, 노트르담 대성당의 이력이다. 고딕 양식의 대표건물로 내부의 화려한 스테인드글라스가 압권이다. 가는 날이 장날이라고 11월 4일 19시에 독일과 프랑스의 정상 회담이 있어

---

15) 강과 운하, 수로의 도시 스트라스부르크

통제가 삼엄했다. 내부를 둘러보지 못한 것이 아쉽다.

노트르담[16]은 여러 곳에 있다고 한다. 빅토르 위고 『노트르담의 꼽추』에서의 노트르담은 프랑스 파리에 있다.

전통이 잘 보존된 쁘띠프랑스! 가죽 수공업자들이 밀집했던 지역, 성병 감염자들을 살게 하여 일반인들은 오지 않았던 지역, 때문에 옛 고풍이 보존될 수 있었다고 한다. 웃프다. 수로와 건물들이 잘 어울린다. 구텐베르크의 활자 인쇄술, 우리는 직지심경을 이야기한다. 신의 권능에 대들 수 있는 힘을 공유하게 했던 기술이었다. 특정인들의 정보 독점 권력을 일반 다수에게 분배하는 획기적인 혁신이었다.

일본이 칼과 총으로 일본식 이름을 쓰도록 강요하고 우리말과 우리글을 쓰지 못하게 위협하던 암흑기가 있었다. 불과 100년도 지나지 않았다. 아직도 청산되지 않았다. 힘이 없는 평화, 기술이 없는 평화는 굴욕일 뿐이다. 그래서일까? 스트라스부르크는 왠지 애잔하게 다가왔다.

---

16) 노트르담 : 프랑스어로 성모 마리아를 존칭하는 말로 '우리들의 귀부인', 교회, 사원, 순례지, 가톨릭 학교에 표시

저승의 강과 승리의 여신 니케

그리스 신화에는 저승의 강이 흐른다. 5개의 저승의 강을 건너야 저승에 도착한다.

강마다 신이 지키고 있다. 스틱스(styx)는 증오의 강이며 여신이다. 스틱스는 지혜의 여신 팔라스와 부부다. 둘 사이에 딸이 있다.

승리의 여신 니케(Niche)다. 니케를 뱃머리에 장식하고 다녔다. 무명의 운동화 공장 사장이 니케를 본다. 일본에서 아식스를 수입해 팔던 미국의 사업가였다. 니케의 날개에서 영감을 받아 '나이키'를 만든다. 나이키는 운동화의 유명 브랜드가 되었다. 니케는 올림픽 메달 앞면에 반드시 들어가야 한다. 뒷면에는 개최국이 넣고 싶은 걸 넣어도 되지만, 올림픽은 승리를 다투기 때문이다. 프랑스 센강 변, 루브르 박물관에서 니케를 만났다. 100여 개의 파편 조각을 복원해서 만든 것이란다.

우리에게 마을마다 전승되던 신화는 묻혔다. 신도시 만들면서 깨끗하게 밀어버렸다. 전설도 신화도 콘크리트 반죽으로 매장하였다. 콘크리트에 묻힌 옛이야기를 불러내서 강물처럼 흐르게 하여야 한다. 오래된 미래는 '뉴트로'다.

07 ——

파리 센강[17]의 에펠탑

파리의 이정표가 되다. 에펠탑 효과가 되다. 파리 센강은 세계문화유산이다.

센강 주변으로 에펠탑, 루브르 박물관, 시테섬, 오르세 미술관, 노트르담 대성당, 파리 시청, 퐁네프 다리 등 건축과 다리가 세계문화유산이다.

에펠탑은 1889년 만국박람회를 열기 위해 설계되고 축조되었다. 높이 324m, 10,000t의 무게를 견디는 최고의 건축 기술을 보여준다. 사시사철 세계의 관광객이 끊이지 않는 파리의 대표건물이다. 에펠탑이 처음부터 파리의 이정표는 아니었다.

파리의 지식인 300명이 철거하라는 성명서를 내기도 했다. 에펠탑을 보지 않으려 집의 문을 개조하기도 했다. 시간이 지나자 에펠탑을 찾아오는 사람이 늘어났다. 처음에는 싫어했지만, 점점 좋아지는 현상을 '에

---

17) 지식인 300명이 철거 성명을 발표했던 에펠탑이 현대의 파리를 먹여 살린다.

펠탑의 효과'라 한다.

　남양주의 '에펠탑의 효과'는 무엇이던가? 없다! 그린벨트, 상수원보호구역, 수도권정비계획법 등 규제만 있을 뿐이다. 규제박람회를 열어야 할 지경이다. 규제를 '에펠탑의 효과'로 바꿀 묘안은 없을까? 센강에서 에펠탑이 부러울 따름이다. 316km 길이의 124개 하천을 정원으로 만들어 하천 정원의 도시는 어떨까?

독일 네카강에 잠기는 노을[18]

네카강은 알프스에서 발원하여 하이델베르크를 지나 독일 만하임에서 라인강과 합류하는 367km의 강이다. 남양주시는 국가하천 2개, 지방하천 32개, 소하천 90개를 합한 316km보다 길다.

만하임에는 라인-네카 교통센터가 있다. 2019년 11월에 동료들과 벤치마킹을 다녀왔다.

인근 지자체와 광역교통 시스템을 구축하여 운영하는 공기업이다. 만하임에서는 자전거가 발명되었으며 카를벤츠 자동차가 탄생하였고, 100년 전부터 전기차 트램을 운행하였다. 라인-네카 교통센터는 주연방과 지자체에서 80대 20의 비율로 예산을 부담하여 운영한다.

트램 1대가 80대의 자가용 대체 효과가 있다고 한다. 전기선로가 없어도 자가발전(전기 충전 전지)으로 2km의 거리는 운행한다. 향후 전기차, 수소차, 자율주행차를 대중교통에 도입하기 위한 연구와 투자를 활발하

─────────────

18) 알프스에서 발원하여 독일 하이델베르크를 지나 만하임에서 라인강과 합류

게 진행 중이다. 미세먼지 개선, 매연 억제 등 청정대기질 향상, 남양주시를 순환하는 교통체계 구축, 차량정체 해소 방안을 고민하는 시간이었다.

하이델베르크는 대학도시다. 인구 15만의 소도시에 대학생이 4만 명이다. 대학생·기업·연구소를 연결하는 "테크놀러지파크"가 있다. 테크놀러지파크는 청년과 대학생들의 아이디어를 현실화(창업화, 산업화) 하는 기관이다.

남양주는 창고는 많은데 '스티브 잡스, 에디슨의 차고'가 없다. 차고가 있었기에 '스티브 잡스와 에디슨'은 생각을 조립하고, 뜯고, 부시고 혁신하고 발명하였다. 거창하게 '테크놀러지 파크'가 아니어도 허름한 '스티브 잡스와 에디슨의 차고'라도 있으면 좋겠다.

라인강과 네카강이 저물어 간다. 또 하루가 간다.

강변에 노을은 잠기고
마을마다 맥주가 익어가고,
돼지 앞다리 '슈바인 학센' 안주로 한잔 나누고 싶은 저녁이다.

하이델베르크¹⁹⁾

- 마틴 루터와 괴테

독일 하이델베르크, 강가의 언덕이라는 뜻이다. 네카어강변에서 마틴 루터와 괴테를 만났다.

마틴 루터!

라틴어로 쓰인 성경을 독일어로 번역했다. 금속활자로 인쇄된 독일어 성경은 독일어 문법을 통일하였다. 인간은 실수를 할 수 있기에 성경만이 하나님의 뜻이라며 교황의 권위에 이의를 제기한다. 95개의 반박문, 아우구스티노스 수도원에서의 논쟁, 30년 신·구교 간의 종교전쟁은 마틴 루터로부터 시작된 종교개혁이었다.

괴테!

독일어로 아름다운 문학을 만들었다. 시, 소설뿐만 아니라 음악, 그림에도 뛰어났다. 괴테의 생가 마당에는 버드나무가 자라고 있다. 수양버

---

19) 독일 하이델베르크, 강가의 언덕이라는 뜻

들은 아니고 가지가 뒤틀리며 뻗은 것이 용버들이다. 남양주의 '양' 자가 버드나무라서 반가웠다.

하이델베르크 고성에서 네카강 건너 산비탈 마을을 본다. '철학자의 길'이다.

수많은 철학자가 고뇌했던 네카강의 언덕길이다.

남양주 열수(한강)에도 사상가가 있었으니 '열수 정약용 또는 사암 정약용'이다.

'사암'이란 '백세 이후 성인이 불혹'이라는 중용의 뜻을 반영하였다. '백대 이후의 성인이 나의 학문을 논해도 의혹과 변함이 없으리'라는 함축된 말이다. 혹은, 『목민심서, 흠흠신서, 경세유표』 등에서 표현한 '내 생각을 후세가 실현해 주기만을 기다린다'라고 '사암'을 이해할 수도 있겠다.

깊어 가는 가을의 끝자락에 마틴 루터, 괴테, 사암 정약용을 생각하면서 마인강, 센강, 네카강에서의 일정을 마무리하고 한강(남양주)으로 돌아왔다.

하천은 정원이다

10 ——

계림 이강[20]

천하절경 계림 갑 자야! 중국 교과서에 나온단다.

중국인들이 여행할 때 수도인 북경과 계림은 필수 코스란다.

계림을 왔다. 칠 남매 부부 동반으로!

어머니 같은 누님(15살 차이), 아버님 같은 형님(12살 차이 띠동갑), 7남매 중 여섯째다.

멋지다. 형제들과 함께하니 더 좋다.

이강 420km 길이 중에서 계림 구간만 83km 된다. 유람선을 타는 시간만 4시간이 소요된다. 이강 주위로 솟아난 산봉우리 멋지다. 저녁에는 수상 공연이 있다.

3박5일 7남매 부부 동반 계림 여행을 마쳤다. 74세 매형께서 "다음에 한 번 더 갈 수 있을까?"라고 하실 때 울컥했다. 빨리 추진하자고 의견을

---

20) 계림 이강으로 7남매 부부 동반 여행

모았다. 계림은 물과 산의 도시다. 죽순 같은 봉우리들이 솟아있고 강우량이 많아 강과 하천에는 수량도 풍부하다. 인공 저수지와 호수도 많다. 특히 강과 하천, 저수지와 호수를 관광자원으로 적극 활용하고 있었다. 이강에서의 4시간 유람선 탐방, 4호에서의 1시간 야간 승선, 세외도원에서 쪽배 탐방이 기억에 남는다.

남양주도 강과 하천, 호수와 댐은 있는데 관광 자원화 못 한다. 상수원 보호 때문이다. 세외도원이라는 곳은 조안 물의 정원과 비슷하다. 쪽배를 탈 수 있고, 수상 화단인 인공 수초섬을 조성하였고, 주위를 둘러싼 죽순 같은 봉우리들이 다를 뿐이다.

중국인들은 세외도원을 무릉도원이라며 평생 한 번이라도 보기를 소

원한다고 한다.

여행을 왔어도 물의 정원과 연결해보려는 생각은 직업의식인가? 뭐지.

하천은 정원이다

11 ──

강변연가[21]

"과장님 안녕하세요."

"네, 누구신지요?"

MBC 드라마 〈봄밤〉 촬영팀의 섭외 담당입니다.

"그런데요?"

"6월 13일 오후에 정약용 생태공원 '강변연가'에서 촬영하려는데 어찌하면 되나요."

"강변연가에서요?"

"아니요. 강변연가 지나서 다리 넘기 전 공원에서요."

"네~~ 촬영 일시, 내용을 보내주면 협조해 드리겠습니다."

"감사합니다. 과장님."

"장소 협찬 남양주라고 표기하여 주어야 합니다."

"아, 그럼요. 그렇게 해드려야죠."

그날이다.

──────

21) 조안면 정약용 생태공원에 있다.

강변연가 사장님이 문자를 보냈다.

촬영하고 있노라고.

참고로 강변연가 사장님은 필자 친구이며 정약용 선생의 후손이다.

미모의 중학교 동창.

강변연가의 오골계 능이백숙은 맛이 끝내준다.

12

갈대 멍석말이

강과 하천에 갈대가 푸르다.

"몇 년째 큰비가 오지 않아서 갈대가 강바닥에 깔렸어."

"파란 융단을 깔아 놓은 것 같아 보기 좋은데요."

"그런데 저게 문제가 된다니까!"

"갈대와 수초가 무성하면 수질정화도 되고 새들과 곤충의 서식처도 돼 주고 보기도 좋은데 문제라니요?"

"이십여 년 전, 큰물이 났을 때 갈대가 '멍석말이처럼' 말리면서 떠내려 온 거야."

"와~, 그래서요?"

"갈대 멍석말이가 떠내려오다가 다리난간에 척 척 걸친 거지. 물이 넘 치고 다릿발 끊어지고. 그때 20여 명이 사망했지."

수동 이희원 노인회장님의 말씀이다.

자연은 어디로 튈지 모른다.

날씨만 흐려도 걱정이다. 장마가 오고 있다.

하천의 불법 시설물들을 철거해서 물길이 어떻게 날지 우려된다.

갈대 멍석말이만큼은 없었으면 좋겠다.

수동 구운천

하천은 정원이다

13

녹두 빈대떡, 청포묵, 숙주나물

'아~~ 망할 놈의 고라니!'

콩잎을 다 뜯어 먹었네, 그런데 옆에 있는 '녹두잎'은 건들지도 않았네?

녹두장군 전봉준, 어렸을 때 숙주나물처럼 여려서 녹두라 불렸다고 한다. 고부군수 조병갑이 정읍천에 만석보를 만들어 물세를 징수하자 농민들을 규합하여 만석보를 헐어버렸다. 일본군과 청군을 불러들인 실마리가 되었다. 크나큰 역사가 하천의 보에서 시작됐다.

숙주나물, 녹두를 콩나물처럼 길러낸 싹이다.

우리 집 제사상에는 올라가지 않는다. 쉽게 상한다고. 결혼하고 처가 제사에 참여했는데 숙주나물이 있다. 처가 제사에 배 놔라 감 놔라 하지 않는다. 이상하게만 생각했다. 그런데 숙주나물을 제사에 쓰고 안 쓰고는 신숙주 때문이란다. 신숙주는 어느 집안에게는 충신이기에 쓰고, 쓰지 않는 집은 변절자라 쉽게 상한다는 이유란다.

청포묵, 녹두 가루 묵으로 만든 것이다. 영조가 청포묵으로 탕평채 만들어 신하들에게 하사하며 당파를 초월한 국정을 펼치려고 했던 묵이다!

녹두빈대떡, 고소하면서도 바싹하게 구워 내면 막걸리 안주로 최고다.

전봉준을 녹두장군이라 부른 이유가 무엇일까? 남녀노소, 사노 공상 모두가 좋아하는 녹두부침개, 청포묵처럼, 신분에 차별받지 않는 모두가 살만한 세상을 열고자 했었기에 녹두장군이라 했을 것이다. 어수선한 시절이구나. 녹두야 잘 자라렴.

고라니가 녹두 순을 뜯어먹었음

14

개울을 건너보고 싶어

"징검다리 건너서 저 아래까지 가보고 싶어요."

"아~네, 저 아래 약대울 물놀이장까지요?"

"맞아요. 징검다리만 건너면 갈 수 있다고 했어요."

전동휠체어를 타신 분들의 소망이다. 눈빛에 간절함이 묻어난다.

"여기 턱이 있어요. 얼마 전에 여기 걸려 넘어져서 허우적거렸어요. 도와주지 않으면 일어나지도 못해요. 이것도 손봐 주세요."

"저기는요 잘못하면 빠져요. 큰일이 나요. 저기에도 안전 펜스를 쳐주세요."

"우리는 10㎝가 천 길 낭떠러지 같을 때가 있어요."

현장에서 듣고 보니 불편함투성이였다.

더 꼼꼼하게 자세하게 교통약자를 위한 시설이 필요했다. 하천 정원의 길은 모두가 불편 없이 다닐 수 있는 산책길이 되어야 한다. 하천 정원은 턱이 없어야 한다.

하천은 정원이다

두만강에서 40리 봉오동 전투

1920년 6월 독립군이 두만강을 건너와 일본군을 급습한다. 일본군은 두만강 넘어 독립군을 공격하려고 '월강 추격대'를 조직한다. 독립군은 두만강에서 40여 리 거리의 봉오동 계곡으로 일본군을 유인하여 대승을 거둔다. 영화 〈봉오동 전투〉의 줄거리다.

두만강 넘어 간도!

나라를 빼앗긴 많은 조선인이 개척한 땅이다. 얼음이 녹지 않은 논에 막걸리 한 사발로 목을 축이며 볍씨를 심어 논을 만들었다.

'봉오동 전투'에서 어제는 '농민이었고 오늘은 독립군이다.'라는 그 농민들이 살았던 터전

100년 전의 독립전쟁, 아직 끝나지 않았다.

이제부터 나도 독립군이다.

오대천과 남양주

오대천!

오대산에서 발원하여 정선을 지나 남한강에 합류 남양주 팔당으로 모인다.

세조가 상원사 오대천에서 피부병을 치료했다.

한양으로 돌아오던 길에 양수리에 이르러 들려오는 종소리의 위치를 찾아보라고 한다.

바위틈에서 떨어지는 물이 종을 울리고 있어 '수종사'라 했다. 오늘날 100대 명승지다.

오대천 나무는 좋겠다.

맑은 물소리를 매일 듣고

오대천 나무는 좋겠다.

매일매일 새들의 노래를 들어서

오대천 나무는 좋겠다.

하늘로 마음껏 뻗을 수 있어서

나도 오대천 나무가 좋다.

17

하천 아카데미 생각으로 밤을 새우다

남양주에는 국가하천, 지방하천, 소하천 등 124개 316km의 강과 하천이 있다.

홍릉천(홍유릉, 고종 · 순종),

사릉천(단종의 부인 정순왕후),

왕숙천(구리 동구릉, 광릉 세조)은 왕들의 강이다.

산수(북한강), 습수(남한강), 열수(한강)는 정약용과 관련된 이름이다. 정약용은 강진에서 18년간 유배살이하고 마현으로 돌아와 열수에서 여생을 마쳤다. 스스로 열수라 했고 후세를 기다린다며 사암이라 칭했다.

하천 정원과 산책길에서 강과 하천의 이야기를 해설해주면 좋겠다.

'하천 해설사'라고 하면 어떨까? 하천에서의 취사 행위, 쓰레기 투기 등 불법을 방지하는 분들은 '하천 관리사'라 하면 어떨까? 지금은 '하천 명예 감시원'이라 부르는데 '하천 관리사'로 바꾸어도 좋겠다! 하천에서의 불법 영업행위, 구조물 설치 등 불법을 막고 처리하는 분들을 '하천 해결사'라

하면 어떨까?

하천 아카데미 만들어, 하천 해설사, 하천 관리사, 하천 해결사를 육성하면 하천 정원의 이야기가 더욱 풍성해하겠다. 전문기관과 손잡고 과정별 교재 만들고, 일정 기간 강의를 이수하게 한다.

124개의 하천과 316km의 하천 정원에 배치하면? 이런저런 생각으로 새벽이 왔다.

18

'하천수'라면 70억 원의 세수가 생긴다

34세의 연암 박지원은 1771년 9월 초순, 팔당에서 8살 위 누님의 상여를 싣고, 양평 매형의 선산으로 떠나는 배를 보며 눈물로 읊는다.…

떠나는 이 정녕 뒷 날 다시오마 다짐해도

보내는 이 여전히 눈물로 옷을 적실 텐데

조각배 이제 가면 언제나 돌아올까?

보내는 이 하릴없이 강기슭으로 돌아간다.

연암 박지원이 청나라에 다녀온 후 1792년 경남 함양 안의현 안심마을 용추계곡에 물레방아를 설치했다. 우리나라 물레방아의 원조라고 전한다. 박지원이 눈물로 누님의 상여를 보냈던 팔당에 1974년 현대판 물레방아가 준공된다. 수력발전과 홍수조절을 위한 다목적 팔당댐이다.

팔당댐 하류를 흐르는 물이 '하천수'이면 지자체에서 하천수 사용료를 받고, '댐용수'이면 한국수자원공사(이하 한수공)에서 댐용수 사용료를 받는다.

댐이 만들어진 이후, 전국에서 지자체와 한국수자원공사(이하 한수공)
간에 논쟁과 소송전이 끊이지 않고 벌어지고 있다. 법원의 판결은 엇갈
린다. 하천수와 댐용수는 '본질상 하천수이므로 하천수다'라는 판결과,
'댐에 고이는 하천수는 댐용수, 댐 없이 하천에 흐르는 물은 하천수'라는
판결이다.

한수공은 팔당댐 하류를 흐르는 물은 충주댐에서 흘러나오는 댐용수
라고 한다. 왜, 팔당댐용수가 아닌 충주댐용수일까? 한수공은 '자연 하천
수'는 없고, '댐용수(개발 하천수)'만 있다고 한다.

하천수인가 댐용수인가는 매우 중요하다. 남양주에 연간 70억 원 이상
의 세수를 안길 수 있는 문제이기 때문이다. 매년 70억, 100억, 200억 원
이상일 수도 있다. 기업 수십 개를 유치하는 효과다.

이리 뒤 척, 저리 뒤 척, 하천수 받아낼 궁리에 기나긴 겨울밤이 샌다.

19

물의 정원을 '물 생태 체험 공간'으로 활용

문화관광상품 개발은 어떻게 하는 것이 좋을까?

'물의 정원'이라는 뛰어난 자연경관과 수종사, 정약용을 어떻게 연결해야 할까?'가 화두이다.

마침 경기도인재개발원에서 '문화관광상품 개발' 과정을 개설하였기에 참여했다. 퍼플오션 전략(레드오션+블루오션), 밴드왜건 효과, 스놉효과, 배블런 효과를 반영해야 한다.

여행자의 심적 만족으로 인상을 남기는 '마인드마크'에 대한 수요가 증가'하는 추세에 '생태 문화의 창조적 파워를 키워 새로운 산업을 잉태시키는 것은 도시경영의 기본이다. (모세환 강사)'라는 말씀에 공감한다.

광명시 오리 이원익 생가와 광명동굴로 현장을 방문했다. 오리 이원익 선생님은 선조, 광해군, 인조 시대에 영의정을 지냈다. 3대에 걸쳐 영의

정을 했으나 청빈한 삶을 지켰다. 조선시대 217명의 청백리 중에서도 대표적인 분이다. 오리 이원익 선생님에게는 '허목'이라는 손자사위가 있다. 허목은 주자학 이전의 원시 유학뿐 아니라 여러 분야의 다양한 학문을 연구하였다. 이러한 학문적 성과는 훗날 근기 남인의 실학사상을 형성하는데 이정표가 되었다. 허목의 학문과 사상은 성호 이익으로 이어졌다. 성호의 학문은 16세의 정약용에게 영향을 주어 성호를 사숙으로 섬긴다.

광명동굴은 성공적인 수도권 유일 동굴 관광지다. 1912년 일제가 금과 은 등 지하자원을 수탈하려고 개발했던 동굴이다. 1972년 폐광이 된 후에는 새우젓 저장고로 활용되던 곳이다. 일반적인 동굴 관광은 종유석을 보는 것이다. 그러나 광명동굴은 여러 가지 콘텐츠로 만들었다.

'웜홀 광장, 빛의 공간, 동굴 예술의전당, 동굴 아쿠아월드, 황금패 소망의 벽, 소망의 초신성, 황금 폭포, 황금궁전, 황금의 방, 타임캡슐관, 공포체험관, 신비의 용, 동굴식물원, 광명와인동굴' 등으로 조성되어 있다.

남양주 물의 정원은 뛰어난 물 생태 공간이다.

상수원보호구역을 지키면서도 경제적인 물 생태 체험 공간으로 활용되어야 한다.

20

화도읍 답내천

답내천은 1.267km의 소하천이다. 하류 6km의 지방하천인 월산천으로 흘러서 금남리 북한강으로 합류한다. 월산천으로 내려오던 물이 지하로 스며들어 물이 끊어진다고 '단내천'으로 불리다가 어휘변화로 '답내천'으로 되었다고 한다. (『남양주의 땅 이름』(2006) 참조)

명칭에 대하여 좀 더 고증이 필요하다.

1995년에 소하천으로 지정되었고, 2015년에 소하천 정비종합계획을 수립하였다. 2018년 5월에 행안부의 소하천 정비 사업에 선정되어 실시설계용역을 하고 있다. 사업비가 37억 원에서 111억 원으로 4배가량이 증액되었다. 사업비가 70억 원 이상 증액되면 행안부의 사전 설계검토 심의를 받아야 한다.

6.25에 참전하는 심정으로 세종시로 남하했다. 멀다. 쉬지 않고 달리는데도 3시간이 걸린다. 수자원, 방재, 구조 등 각 분야 전문가께서 용역

사에 날카로운 질문을 한다. 남양주는 급격한 인구 증가 및 도시화가 진행되는 지역이므로 30년 빈도를 신중하게 검토하고, 수리학, 수질학 등 통계적으로 보완하여 내실 있는 설계가 되어 사업비를 감액하라는 조건부 가결이 되었다. 자세한 내용은 문서로 보낸다고. 결과에 따라서 남양주시 부담률이 좌우된다.

하천 마케팅 화이팅이다.

21

폭우에 쓸려간 청학천

하늘에서 폭우를 들이부었다. 하천 제방 둑이 넘을까 조마조마 마음을 졸였다. 날이 밝자마자 근처 청학천과 용암천으로 갔다. 청학천은 수락산에서 내려온다. 수락산이라는 명칭은 한문으로(물水, 떨어질落)물이 떨어진다는 뜻이다. 수락산 골짜기 골짜기에 내린 빗물들이 청학천으로 떨어지듯이 모인다. 수락산에는 내원암이 있다. 김시습이 세조의 반정을 보고 과거를 포기하고 울분을 달래며 머물기도 했었다.

하류 방향으로 누워버린 풀들의 흔적은 차올랐던 수위를 알려준다. 지난밤에 얼마나 긴박했는지 가늠이 된다. 하천 옆 자전거도로와 산책길이 엉망이 되었다. 쓰레기와 흙더미, 부유물이 잔뜩 쌓여 있다. 관련기관, 읍면동과 빨리 피해 현장을 조사하여 복구해야 한다.

청학천은 용암천과 합류한다. 용암천은 광릉수목원을 이루는 수리산에서 발원된다. 용을 닮은 바위가 있어서 용암리라 한다. 용암천은 청학천, 덕송천, 불암천을 받아들여 퇴계원에서 왕숙천과 합류한다. 물 빠진 하천의 아침 풍경이 어수선하다.

　바람에 살랑대는 수양버들이 더욱 애처롭다.

　업무와 관련 없이 바라본다면 어떤 느낌의 풍경일까?

　　하천은 정원이다

Part 6

자연은 후세에게
빌려 쓰는 정원,
깨끗하게 돌려줍시다

환경을 살리는 일은
생명을 살리는 길입니다

겨울에도 낚시하는 강태공들이 있다.

진건푸른물센터가 있는 왕숙천에서 한다.

그런데 쓰레기가 널려 있다.

고기 담는 양파망, 떡밥, 낚싯줄, 라면 봉지, 소주병.

강태공 여러분!

쓰레기 버리지 맙시다.

신문지와 컵라면 용기를

도로 가지고 가야지, 왜 버리십니까?

기초질서부터 지킵시다.

그래야 세상이 바뀝니다.

자연은 후세에게 빌려 쓰는 정원입니다.

01

강태공 여러분! 쓰레기 버리지 맙시다, 가져옵시다

늘어진 버들가지가 마음을 설레게 한다.

무슨 새인가요? 생각하는 새입니다.

겨울에도 낚시하는 강태공들이 있다.

진건푸른물센터 근처 왕숙천에서 한다.

그런데 쓰레기가 널려 있다.

고기 담는 양파망, 떡밥, 낚싯줄, 라면 봉지, 소주병 천지다.

강태공 여러분!

쓰레기 버리지 맙시다.

자연은 후세에게 빌려 쓰고 있는 정원입니다.

하천은 정원이다

하수관로의 담배꽁초

담배꽁초를 버리면 안 된다.

담배꽁초가 강 따라 하천 따라 바다로 간다.

미국 출신 생태사진작가 크리스 조던이 미드웨이섬에서 찍은 플라스틱을 주워 먹고 죽은 앨버트로스 사진은 충격이다.

한국의 쓰레기가 태평양에서 섬을 이루고 있다는 뉴스도 있었다.

하천 청결!

환경을 지키는 길이다.

생명을 살리는 일이다.

남양주시에서는 연중 깨끗한 하천 만들기를 추진한다.

하천 청결 중요하다.

애연가 여러분! 담배꽁초 버리지 맙시다.

나일론으로 둥지를 트는 새

개구리는 겨울잠에서 깨어나고, 새들은 나일론으로 집을 만든다. 운이 좋았다. 보기 힘든 암컷 개구리를 만났습니다. 알 낳기 좋은 곳을 찾나 보다. 예전에는 주변에 개구리가 많았는데 요즈음은 보기 어렵다.

왜 그럴까?

1번, 사람들이 잡아먹어서다.

2번, 논이 없어지는 등 서식처가 줄어서다.

3번, 농약을 많이 사용해서다.

1, 2, 3번 모두 원인이 되겠지만 필자는 2번 논이 없어지고 산란장이 줄어든 것이 가장 큰 원인이라고 생각된다. 강과 하천을 생태환경으로 가꿔야 하는 이유다. 택지, 산업단지 등으로 개발되면서 주변에서 없어진 개구리가 돌아오도록 해야 한다.

새가 나이론 끈으로 둥지를 틀었다.

새들도 나일론이 튼튼하고 비에 젖지 않는다는 걸 알아낸 것이다. 지난해의 묵은 둥지인데 썩지 않았다. 한 번 쓰면 안 쓰면서 썩지 않는 재료로 둥지를 틀다니. 새의 집은 헌 집도 항상 새것 같은 집이다. 어떤 의미를 주는 걸까.

북방계 개구리

새들도 부직포 등 농자재를 뜯어 집을 지음

04

물이끼

- 스피로지라, 끈이끼

오랜 봄 가뭄 끝에 단비가 내렸다. 들녘에서는 모내기가 한창이다. 해 갈이 되기에는 부족한 강우량이다.

모내기 철에 내 논의 물이 말라갈 때면 4촌이고 8촌이고 예의를 차리 지 못했다고 한다.

그래서 농번기 때는 개새끼, 겨울철에는 아저씨라는 말도 있다. 논에 물을 대기 위하여 친척끼리 멱살잡이도 했다는 말이다. 집성촌에서는 있 을 법한 일이다.

가뭄이 지속되고 수심이 얕아지면 하천에는 '물이끼'가 발생한다. 식물 성 플랑크톤의 일종으로 '스피로지라', 끈이끼라고도 한다. 수심이 얕고 태양광이 풍부한 조건에서 돌 등에 붙어 자란다. 미관상 안 좋을 수는 있 지만 수질에 영향을 주는 종은 아니라고 한다.

하천에서 다슬기 잡으려고 하다가 물이끼를 밟고 미끄러져 익사하는 사고가 종종 있다.

하천에서는 조심 또 조심해야 한다.

비가 내려서 물이끼가 내려갔으면 좋겠다.

물이끼 때문에 수질이 안 좋다는 민원이 자주 온다.

※ 가뭄으로 인한 수량 부족으로 생기는 물이끼를 하천 관리를 잘하지 못하여 발생한다는 민원이 많음

05

비료, 농약, 쓰레기 하천으로 직행

'하천부지에서 농작물 재배하지 마세요!'

오월의 하천은 파릇하다.

물도 파랗고 풀도 파랗고 물에 비친 하늘도 파랗다.

더불어 내 속도 파랗게 멍든다.

하천부지에서 농사짓는 사람들 때문이다.

그렇게 하지 말라고 하는데도 하지 말라는 경고문을 밟아 뭉개며 작물을 심는다.

비료, 농약, 쓰레기가 곧바로 하천을 오염시킨다.

하천에서의 물의 흐름과 수질 오염 행위는 행정대집행법의 절차 없이 즉시 집행이 가능하다.

상황이 심각하므로 특례를 인정하는 것이다.

도로변 경사진 하천 제방 비탈에 길을 냈다. 위험하다.

쓰레기를 태우다가 불도 냈다. 다행히 도로를 넘지 않고 꺼졌다.

오월은 파릇하다. 산도 하늘도 강물도.

내 마음도 퍼렇게 멍들어 부글부글 끓는다.

물은 만만하지 않아,
음주 수영 절대로 안 돼

본격적인 더위가 시작되었다. 강이나 하천에서 시원하게 즐기는 물놀이 철이다. 지난 10년간 물놀이 중 익사 사고를 분석한 결과 넓고 크고 깊은 바다나 하천보다는 작은 강이나 하천에서 사고 건수가 많았다고 한다. 만만하게 보이는 강이나 하천에서 목숨을 잃는다.

물은 절대로 만만하게 보면 안 된다. 계곡물은 얕아 보여도 바닥이 움푹 파여서 쑥 빨려들어 간다. 여름에는 물놀이 중 사망사고 없는 즐겁고 안전하기를 바란다.

나의 안전은 스스로 지켜야 한다. 염라대왕님께 억울하다고 하소연해야 돌려보내지 않는다.
절대로 절대로.

지난 10년간 물놀이 사고를 분석한 결과 익사 사고 패턴이 나왔다. 20

대 미만은 '운전 미숙', 20대 이상은 '음주 수영'이 사망사고 원인이다. 음주 수영은 본인만 죽지만(간혹 구조하려던 지인도 사고를 당하지만) 즉 자살행위이지만, 음주운전은 타인을 죽이는 살인 행위다.

등산 때 국립공원에서의 음주 산행도 단속하고 있다. 이제는 음주 수영, 음주운전, 음주 산행, 음주 자전거 타는 행위들 절대로 하지 말자. 그나마 아직은 음주 보행 단속규정은 없다. 앞으로 단속할지도 모르겠다.

진드기 조심

- 까만점도 다시 보자

들깨 모종을 심었다.

진드기에게 물려 사망한다는 기사를 보았다.

혹시나 하고 다리며 허벅지를 살펴보았다.

물린 흔적이 있는지를.

앗! 뭐야~~ 새카만 거 진드기 달라붙은 거 아냐?

손으로 잡아 뜯었다. 아얏!

휴~~ 다행이다. 점이었다.

산과 들, 논과 밭에서 활동이 많은 계절이다.

강과 하천 산책길도 많이 다닌다.

진드기 조심합시다.

"까만점도 다시 보자. 진드기가 아닌지를!!!"

계곡에 쓰레기 버리지 맙시다

수동 구운천!

맑은 물이 흐르고 숲이 우거진 아름다운 계곡이다.

아름다운 하천에 쓰레기가 쌓여 있다.

구운천의 물은 북한강으로 흘러 수도권의 상수도 취수원인 팔당댐에 고인다. 우리가 먹는 우물에 쓰레기를 버리는 것이다. 이제부터라도 쓰레기는 되가져옵시다.

한숨이 나온다.

우리의 소득수준 3만 달러에 맞게 의식도 향상되어야 한다.

하천의 불법 시설물 철거를 완료하고 하천에서의 취사 행위, 야영행위, 쓰레기 투기행위 감시를 강화한다. 단속하기 이전에 스스로 높은 의식을 실천하면 좋겠다.

09 ——

강 따라 하천 따라 양심도 따라갔나?

누구나 즐겁고, 안전하고, 쾌적하게 놀 수 있도록 '하천 정원'을 만들고
자 불법을 없앴다.

하천 불법을 철거했더니 좋다. 사람들이 좋아한다. 많이 온다.

그런데 많이 오는 것이 반갑지 않다. 쓰레기가 쌓인다.

쓰레기는 양심! 양심을 버리나요?
쓰레기는 제발 되가져 가세요.
누구의 양심인가요?

누가~~ 이 양심을 모르시나요?
양심 찾기 방송이라도 해야 할까요?

기초질서부터 지킵시다

강물이 흐른다.

갈대들이어 그리움으로 흔들려라!

인간은 생각하는 갈대라 했는가.

물의 정원에 코스모스가 한창이다.

다음 주이면 노랑 코스모스도 활짝 피겠다.

사람들이 몰려오기 시작했다.

꽃밭을 뭉개고 들어가서 사진 찍고.

죄송합니다. 미리 포토존을 설치해야 했는데.

신문지와 컵라면 용기는

다시 가져 가지 누구보고 치우라 하십니까?

기초질서부터 지킵시다. 그래야 세상이 바뀝니다.

하천의 주인은 물

오셨다. 임께서

주인님이 납시었다. 하천의 한 방울 두 방울, 모여 모여 수백 ㎜

부드러운데 거칠게 쓸어갔다.

인간이 넘보던 공간 넘실넘실 들어찼다.

1년이든 10년이든 100년이든

한 번을 오시더라도 비워두어야 한다.

임을 위한 공간 주인님의 공간

잊지 말아야 한다. 언젠가는 오신다.

하천의 주인은 물이라는 것을

욕심내면 거칠게 쓸어간다. 한 방울 두 방울 거칠게.

본 것은 비밀로 할 테니,
지켜주세요 제발!

공원에 설치한 화장실이 지저분하다고 여기저기에서 난리다. 깨끗하게 관리를 해야 한다. 용역업체에서 수시로 청소한다. 그래도 난리들이다.

민원 : "신경들을 안 쓰나 보죠. 청소하기는 하나요. 이 모양인가요? 아무리 화장실이라도 너무 더러워요."

업체 : "휴지를 둘둘 말아서 변기가 막혔어요. ○○대를 변기에서 건져냈어요. 청소하고 돌아서면 금방 신고 와요. 해도 해도 너무들 합니다. 의식들이 막혔어요. 아직 멀었어요."

대부분의 등산로, 산책로에는 상·하수도가 연결되지 않아서 청결한 수세식 화장실 설치가 어렵다. 간이 화장실 유지관리에 어려움이 많다.
다음 사람을 위하여 깨끗하게 이용해야 한다. 본 것을 비밀로 해준다.

재활용 분리배출 실천합시다

"오늘 하늘이 흐렸네!"

"네! 흐리긴요? 가을 날씨 같은데요."

"에이 왜 그래? 장마철인데 흐리기도 하겠지!"

"???? 엥! 이런, 선글라스를 끼고 왔네. 아내가 도수 넣어서 시력에 맞춘 거라 해서 껴 본다는 게 그냥 끼고 왔네. 어쩐지 아침부터 우중충하더니만."

요즈음 내 마음과 생각에 가득 차 있는 쓰레기!

생활폐기물 20% 줄이기.

파란 하늘의 뭉게구름도 '스티로폼박스'로 보인다.

파란 공공용 봉투에 담겨 둥둥 떠다니는 스티로폼 조각들!

조광한 시장님과 원주지방국토관리청에 물의 정원 개선방안 건의하러 다녀오는 길.

몸은 도로 위를 달리지만 마음은 저 하늘로 난다.

재활용품 분리배출! 세심하고 꼼꼼하게!

14

산불 조심

천마산에 불이 났다. 봄 불은 여우 불이라 톡톡 어디로 튈지 모른다. 산비탈의 집에서 시작된 불이다. 쓰레기를 태우다가 산으로 옮겼다. 쓰레기 태우지 말아야 한다.

불을 끄러 출동했다. 산불은 잔불 정리가 중요하다. 낙엽과 나뭇가지가 쌓여 있어 잔불 정리가 쉽지 않다. 헬기가 하늘에서 물을 뿌리고, 소방호스를 끌어당겨 번지는 불길을 잡으면서 잔불을 정리해야 한다. 나무 그루터기에 남아 있는 숯불, 낙엽층에 붙어 있는 불씨가 살아난다.

많은 사람이 불을 끄느라 고생했다. 산불 정말 조심하고 또 조심해야 한다. 산이 순식간에 잿더미로 변했다.

산불이 아파트로 넘어오면 정말 큰일이다. 우거진 숲과 나무속에 자리 잡은 아파트단지로 산불이 넘어오는 것도 순식간이다. 하와이 산불, 캘

리포니아 산불, 캐나다 산불을 보자.

조심 또 조심. 피어나던 진달래도 불길에 그을렸다.

에필로그

하천 정원화 사업은 하천의 불법을 없애는 일이 급선무였다. 남양주에
는 국가하천 2개(북한강, 한강), 지방하천 32개, 소하천 90개 등 124개소
의 하천 316km의 하천이 있다. 이 모든 하천에 대한 정원화 사업을 하려
면 단계별 추진이 필요했다. (2018년)

물론 하천 정원화 사업 이전에도 아파트가 들어오는 신도시를 관통하
는 하천에는 아파트사업자들이 하천 정비를 하여 산책길 및 자전거 길을
만들기도 하였다. 별내동 용암천, 호평 · 평내 약대울천, 다산 1동 도농
천, 와부읍 월문천, 도심천, 화도읍 묵현천 등이다.

민선 7기 하천 정원화 사업은 공공재인 하천을 개인들이 점유하여 영
업행위를 하며 수십 년 동안 관행처럼 이어져 온 고리를 끊어 시민들에

게 돌려주기 위한 사업이었다. 별내면 수락산 청학천, 오남읍 팔현천, 원팔현천, 와부읍 월문천, 묘적사천, 수동면 구운천이 하천에 불법 시설물을 설치하고 음식점 영업을 하던 곳이다. 불법 시설이 가장 밀집하여 있는 4개 읍·면의 하천을 대상으로 하천 정원화 사업을 추진하였다.

우리나라는 여름휴가 문화가 없었다. 산업사회가 도입되면서 기업, 기관에서 여름에 단체로 휴가를 실시하게 되었고, 국내외여행이 자유롭지 못하던 시절에 하천과 계곡, 바다를 찾게 되었다. 사람들이 몰려들자 하천과 계곡 주변에 살던 사람들이 자리를 잡고 자릿세를 받거나, 개나 닭을 잡아 팔면서 술과 음료를 제공하며 장사소득을 올렸다.

수락산은 수도권의 명산으로 청학천은 경기 북부의 대표적인 여름철 계곡 피서지였다. 그린벨트가 지정되기 전부터 영업행위가 있었다. 그린벨트로 지정되면서 물막이 시설, 좌판, 평상, 구조물 등에 대하여 불법행위로 철거해도 일주일 후면 다시 원상 복구되는 등 불법이 근절되지 않던 곳이었다. 담당 공무원은 고발하고 업주는 벌금을 내고서도 남는 장사이니까 매년 반복될 수밖에 없었다.

심지어 남양주 수락산, 팔현천으로 손님이 몰려 가평이나 다른 곳에서 영업이 되지 않으면, 그 지역 사람들이 민원을 내서 남양주 하천을 철거하게끔 하기도 한다고 하였다. 전과자가 되고 벌금을 내고도 남는 장사이니까 신규로 영업을 하려는 사람들은 몇 천만 원에서 억대의 웃돈(권리금)을 주고도 서로 들어오려고 했다.

한창 심하게 그린벨트 단속할 때면 시·군 교차 철거를 하기도 했다. 남양주는 고양시에 가서 철거하고 고양시는 시흥시 가서 시흥시는 남양주에 와서 철거하는 방식이다. 시·군 소속 공무원들이 온정주의 또는 업주와 결탁이 되어 있어서 봐주기식 철거로 근절이 되지 않는다는 이유였는데, 마찬가지로 일주일 혹은 한 달이 지나면 철거 전으로 돌아가기 일쑤였다.

여름이면 국민신문고, 권익위, 민원실, 당직실에 접수되는 남양주시 전체 민원의 80%는 청학 계곡에서의 바가지요금, 자릿세, 주차, 교통 민원이었다. 7월 중순이 지나 본격적인 여름이 시작되면 계곡 영업도 막을 올린다. 민원이 들어오면 위생 담당 공무원은 계곡영업주를 영업장소 외 영업으로 고발한다. 고발하기 전에 1달 정도의 기간을 주고 원상 복구 명령을 한다.

원상 복구 기간이 지나면 고발한다고 고발 예고를 하면서 이에 따른 사전의견을 제출하라고 1달의 기간을 준다. 그러면 9월 중순이 된다. 이제 진짜 고발한다. 영업주는 약식 기소되어 벌금 5백만 원, 많으면 천만

원 이상도 낸다. 매년 반복되는 일상이다. 벌금보다 많이 벌어야 하므로 음식값에 바가지요금을 씌우고 자릿세를 받는 등 여름 성수기 2달 동안 1년 먹을 것을 뽑아야 한다.

철거나 원상 복구를 하지 않았어도 공무원은 행정절차를 이행하였으므로 직무 유기는 아니다. 영업정지는 성수기가 끝나는 9월 중순이 지나서 하므로 영업주에게도 사실상 아무런 의미가 없다. 처서가 지나고 추석이 지나면 계곡 영업도 자연히 막을 내려야 하기 때문이다.

철거에 참여하였던 청경, 공무원들은 업주들이 휘두르는 톱, 칼, 파이프, 엔진 톱에 위협을 받기도 하고 가격을 당해 상처를 입는 사고도 빈번하게 발생했었다. 이런 곳을 어느 날 철거를 하고 하천 정원화 사업을 하겠다고 하니 반발과 저항이 어떠하였는지는 짐작이 될 것이다.

사물의 운동에는 마찰과 저항이 있다. 인간사 개혁에도 마찰과 저항, 반발이 있다. 개혁의 강도가 크면 클수록 마찰과 저항, 반발은 비례한다. 공무원은 적당하게 철거하는 척하고 고발하고, 업주는 벌금 내면 행정적으로 사법적으로 아무런 문제가 없다. 그러하기에 수십 년 반복되어 내려온 것이다. 더욱이 민선 지자체가 되면서 민선 시장은 표를 의식하지 않을 수 없다. 계곡, 하천 영업주 중에는 지역에서 영향력 있는, 소위 유지들이 꽤 있기에 신경을 쓰지 않을 수 없었다.

이런 곳을 대상으로 하천 정원화 사업을 한다고 하니 선뜻 나서기가 쉽지 않았다. 동료들과 영업주들에게 연말(2018년)까지만 영업하고, 내년(2019년)부터는 절대로 영업할 수 없음을 설명하려고 하니, 업주들은 전쟁하자는 것이냐며 들으려고도 하지 않았다.

하천 정원화 사업은 세 가지 방향으로 추진되었다. 먼저, 불법 밀집 하천을 철거하고 다음, 최소한의 시설을 설치 산책, 운동 힐링의 공간으로 조성하고, 마지막으로 시민들이 참여하여 1년내내 깨끗하게 청소하여 쾌적한 공원으로 유지한다는 계획이었다.

세 가지를 추진하려면 업무를 나누어야 했다. 팀별로 철거, 시설, 청소 각 1개의 과제를 맡겼다. 영업 중지와 철거 안내문을 배포하고, 현수막을 제작하여 하천별 동네 입구에 걸고, 주민설명회를 개최하였다. 하천을 측량하여 불법 시설물에 대한 업주의 확인을 통하여 리스트를 작성하고 대상을 확정했다.

처음으로 하천의 영업주와 읍면동 공무원들과 농업기술센터 3층 대강당에서 합동으로 하천 정원화 사업설명회를 했다. 처음에는 '하천 불법 시설물 철거에 따른 공청회'라는 주제로 현수막을 제작하였으나 처음부터 주민들을 자극할 필요가 없다고 판단하여, '남양주 하천 어떻게 아름답게 만들 것인가?'라는 내용으로 바꾸었다. 시민 퍼실리데이터들이 회의 진행을 돕고 영업주들이 의견을 말하고 토론하는 시간이었다. 절대로 영업 중지는 안 된다는 완강한 입장이었고 당장 철거도 안 된다며 유예할 것을 요청하였다. 처음 하는 회의였기 때문에 강한 입장 표명을 유보하고 방송사에서 보도한 보도 내용을 보여주었다. 매년 여름이면 반복된다는 자릿세, 바가지, 교통혼잡, 무질서를 보도한 방송을 보여주자 분위기가 가라앉으면서 조용해졌다. '이제는 변해야 합니다. OECD 국가 중에 우리처럼 하천을 개인이 점유하여 불법하는 시민은 없습니다. 국민소득 3만 불이 넘는 지금 바뀌어야 할 때가 됐습니다.'라며 회의를 마쳤다.

불법 시설이 가장 많고 복잡했던 청학천을 소하천 정비 사업으로 추진하기로 했다. 여름에 폭우로 떠밀려온 평상이 다리에 걸려 홍수 피해를 발생시킬 수 있어 위험하다고 행안부 소하천 부서에 건의했다. 소하천 정비는 순위가 정해져 있었는데 청학천은 순번 외였다. 남양주시의 건의로 긴급하게 우선 반영할 수 있었다. 국비로 설계비 1억 8천만 원을 우선 교부해주었다. 시비 매칭 사업으로 추진하니 3억 6천만 원이 확보된 셈이다. 무엇보다 국책사업으로 선정이 되었다는 것이 중요했다. 주민들에게 설명할 수 있는 명분이 강화된 것이다. 하천 정원화 사업을 하지 않더라도 소하천 정비 사업을 추진하기에 영업을 할 수 없기 때문이다.

소하천 정비사업으로 추진하면서 국공유지뿐만이 아니라 개인 사유지도 수용하기로 하였다. 개인 사유지를 수용하려면 사업 고시 공고를 하여야 한다. 사업 고시 공고를 하려면 용역을 하여 사업에 포함되는 토지, 지장물, 건물 등 조서가 나와야 하고 이를 이해관계자들이 열람하는 절차를 거쳐야 한다. 그러려면 2년 이상의 기간이 필요하다. 사업 고시 공고 전이라도 주민들과 협의하여 협의 매수를 한다면 사업 기간을 줄일 수 있다. 주민들 단체로 모아놓고, 그룹별로 모이고, 개인 개인과 수십 차례의 설명과 설득으로 협의 매수를 할 수 있었다. 향후 적극 행정의 모범 사례로도 삼을 만하다.

또한 하천 정원화 사업을 추진하는 데 법정 다툼이 우려되었다. 하천 영업주 중에 소송의 달인이 있었다. 만약 '하천 정원화 사업 추진 정지 가처분 신청'이라도 제기한다면 소송하느라 2년 이상 소요 될 것이다. 하천법에는 유수에 지장을 주는 구조물을 철거하는 것은 행정대집행 특례 규정이 있다. 그러나 소하천법에는 없다. 하천법을 준용하여 행정대집행 절차에 대한 특례가 인정될 수 있도록 내부 지침을 만들었다. 법정 다툼이 발생했을 시 대응을 위한 조치다.

사업비를 벌면서 사업을 추진했다. LH에서 진접읍 그린벨트에 택지 개발을 했다. 훼손되는 그린벨트 물량만큼 복구해야 하는데 대상지로 청학천을 신청했다. 처음에는 공문으로 거부당했다. 거부 이유는 LH 남양주 사업본부 직원들이 현장을 가서 살펴보니 어마어마한 불법이 많고 건물과 지장 물건이 많아서 도저히 추진 불가하다는 의견을 진주 LH 본사에 보고했기 때문이다. 담당 팀장과 진주 LH 본부를 찾아가서 사업은 남양주가 할 것이며 시장의 의지도 확인시켜 주었다. 결국 LH 본사에서도 GB훼손지 정비사업에 적합하다고 하여 178억 원이라는 사업비를 책정해 주었다.

청학천 소하천 정비 사업을 하천 정원화 사업과 연계 추진하면서 주민들도 과거와 달리 이번에는 하천 불법을 완전하게 정리한다고 인식하게 되었다. 철거에 동의하는 사람들이 늘어났고 끝까지 반대하던 사람들도 결국은 협조하기에 이르렀다. 팔현천, 원팔현천, 묘적사천, 구운천의 영업주들이 청학천과 연대하여 대대적으로 반대 시위와 집회를 하려고 했으나 청학천에서 협조로 돌아서자 힘을 잃고 말았다.

사업 시기를 1년 뒤로 연기할 것을 요청하였다. 이 요청은 하천에서의 영업을 할 수 없다는 사실을 속이고 누군가에게 거액의 권리금을 받고 먹튀하겠다는 의미이기도 했다. 절대로 허용할 수 없었다. 하천 청소를 문제 삼았다. 영업하면서 하천 청소도 했는데 영업을 막으면 하면 하천과 계곡 청소는 누가 하겠냐는 이유였다. 나중에 철거하면서 개 뼈, 소뼈, 닭

뼈가 바위틈에서 무더기로 쏟아져 나오기도 했다. 철거하던 용역사 직원들이 헛구역질했다. 다시는 하천에서 음식을 먹지 않겠다고도 했다.

사업 주무과장으로서 철거하는 현장에 상주하면서 상황을 관리했다. 현장에서는 의사 결정을 빨리 내려야 할 일이 반드시 생기게 마련이다. 철거 장면을 사진을 찍고 기록했다. 그리고 페이스북에 '강 따라 하천 따라'를 연재했다. 얼굴 책 친구 중에는 시의원, 언론인, 사회단체장, 기관장 등이 있어서 하천 철거 일기를 올릴 때마다 응원과 격려의 댓글이 이어졌다.

강 따라 하천 따라 '하천 정원화 사업'의 연재로 인하여 사업 동기와 취지, 추진 과정, 결과를 시민들과 공유할 수 있었고 역사적 자료와 증거로 남았다. 경기도청 홍보부서에서 나의 페이스북에 올린 철거 현장이 어디냐고 안내해 달라고 하기도 했다. 바빠서 안내하지 못했다.

이제 청학천은 청학 비치로 거듭났다. 매년 여름 남양주시 현장 민원 80%를 차지하던 국민신문고 민원은 사라지고, 즐겁고 신나는 청학비치 이야기로 넘쳐난다. 모래사장을 조성하여 여름철 시민들의 가족 단위 휴식 공간으로 자리 잡았다. 청학천에서 영업하던 영업주들이 협동조합을 만들어 청학 비치를 관리하고 있다. 나와 극심하게 논쟁하였던 분은 내가 사는 아파트 같은 동 같은 호 라인으로 이사를 와서 가끔 엘리베이터에서 만난다. 이제는 반갑게 웃으면서 인사를 나눈다.

선거를 통해 당선되는 민선시장으로 표에 흔들리지 않고 불법을 정리하여 시민들에게 돌려주었다는 점에서, 민선 지자체 30년사에 패러다임을 전환하는 혁신이었다. 최종 의사결정권자인 시장이 끝까지 변하지 않고 힘을 실어 주었기에 가능한 일이었다.

60~70여 명의 상인들을 모아놓고 앞에서 '내년부터는 하천에서는 영업할 수 없습니다.'라고 말을 할 때면 어디에서 누가 무엇을 던질지 모르는 불안감이 들고는 했다. 칼을 던질지, 돌을 던질지, 병을 던질지, 어디에서 뭐가 날아올지 신변의 위협을 느낄 만큼 긴장이 넘치는 순간이었다. 회의를 하기 전에 동료들과 만약 누가 멱살을 잡히거나 봉변당하면, 누구는 사진을 찍고, 누구는 신고하고, 누구는 동료들과 연락한다고 사전에 역할을 부여했다. 그러나 4대 하천을 철거가 끝날 때까지 아무런 사건, 사고 없이 마쳤다. 이런 점이 또한 큰 성과라 자부한다.

이제 청학천은 청학 비치로 변신하였다. 완전한 개혁을 이루었다. 뿌듯하다. 동료들과 소주를 한 잔 나누면서 '군가 전우야 잘 자라를 하천아 흘러라'로 개사하여 부르기도 하였다.

〈하천아 흘러라〉

수많은 반대를 각오하고 앞으로 앞으로

청학천아 흘러가라 우리가 길 내준다

힘들어도 고질적인 불법을 철거하고서

파김치 돼 널브러진 동료여 힘내자

설치된 불법들 부수면서 앞으로 앞으로

팔현천아 힘 내거라 우리가 뚫어 준다

안개 어린 하천에서 한 가치 나누어 먹던

천마 담배 연기 속에 눈물짓던 동료야

불법을 넘어서 물을 건너 앞으로 앞으로

구운천아 잘 있더냐 우리는 철거했다

진달래도 송이송이 피어나 반기어 주는

수동강변 언덕 위에 우뚝 선 동료야

쏟아지는 협박을 무릅쓰고 앞으로 앞으로

우리들이 가는 곳에 하천은 좋아졌다

땀에 절은 목장갑에 손목이 퉁퉁 불어

떠오른다 묘적사천 꽃같이 별같이.

청학이 울었다. 태평한 세월에만 나타난다는 청학이 수락산에서 크게 울었다. 날개가 여덟이고 다리가 하나이며 사람의 얼굴에 새의 부리를 한 상상의 새. 청학! 이 새가 울 때는 천하가 태평하다고 한다. (출처 : 네이버 어학사전).

또 눈물이 난다. 함께 고생한 생태하천과 동료들에게 감사드린다. 하천 정원화 사업 역사를 이루었다. 시장님, 부시장님, 국장님, 팀장님, 주무관님! 사업을 위하여 고생하신 분들의 이름을 한 분 한 분 나열하지 않음을 이해하여 주시기를 바랍니다. 고맙습니다.

청학 비치의 여름 - 몰려드는 사람들

참고 자료

1. "50년 만에 돌아온 계곡. '권리를 되찾은 기분'", 〈경향신문〉, 2019. 8. 5.
 (https://www.khan.co.kr/national/national-general/article/201908051310001)
2. "불법 시설이 점령했던 남양주 수락산 계곡, 시민 정원으로 재탄생", 〈중앙일보〉, 2019. 8. 24.
 (https://www.joongang.co.kr/article/23560713)
3. 〈강 따라 하천 따라〉, 용석만 페이스북(2018∼2019년 연재)
4. 『남양주시지』, 2000년 12월, 남양주시지편찬위원회, 도서 출판 큰 기획
5. 『남양주 땅 이름』, 임병규, 윤종일, 경인문화사, 2006년 7월.
6. 『남양주 문화재』, 임병규, 윤종일, 경인문화사, 2006년 5월.
7. 『조선시대 화도읍과 수동면의 역사 인물』, 김세호, 남양주문화원, 2018년 12월.
8. 〈매거진 N 하천〉, 남양주시, 2020년 5월.
9. "'하천은 정원이다.' 공식 선언", 〈파이낸셜뉴스〉, 강근주, 2019. 3. 27.
10. "'밤길 조심' 협박받고도 시민에게 계곡 돌려준 시장", 〈동아일보〉, 김재영, 2019. 8. 27.
11. "남양주시 시작된 계곡 불법 시설 철거, 도내 10곳 중 7곳으로 확산", 〈경향신문〉, 이상호, 2019. 12. 11.
12. 『농막의 동거자들』, 용석만, (주)페스트북.
13. 『800일간의 독서 여행』, 이나열, 미다스북스.
14. 『마음이 무너질 때마다 책을 펼쳤다』, 유정미, 미다스북스.
15. 『좀 재미있게 살아볼까』, 장용범, BOOKK.
16. 『중국 소수민족의 역사와 분류』, 정재남, 퍼플.
17. 『우린 마음으로 통해』, 난나니 외 공저, BOOKK.
18. 『딸아 기록해 줄래』, 권홍지현, 하루달출판사.
19. 『남양주에서 쫌을 찾다』, 남양주시.
20. 『홍보 이야기』, 이강석, 한누리 미디어.
21. "50년 만에 사라진 불법시설, 수락산 계곡", 〈중앙일보〉, 전익진, 2020. 07. 04.
(https://n.news.naver.com/article/025/0003014666?fbclid=IwAR2gVXDq-
PH4qYi6NaSplt_4VmwAWp_D4JN1kUupCmu8xUtONy9dAft4RhU)